KB142961

세상의 길가에 나무가 되어

박남준

걷는사람

시인의 말

세상의 누구보다 제일 먼저 아버지 앞에 앉아 첫 시집의 사인을 하고 싶었다. 기다리던 시집은 아버지의 말기 암 투병을 내 병으로 잘못 전해 들은 이들이 유고 시집으로 출판 결정을 하고 나의 부음 소식을 기다렸으므로 소원은 끝내 이뤄지지 않았다.

돌아보니 온통 부끄러움뿐이네. 어쩌자고 나는 첫 시집을 다시 내자는 말에 홀딱 넘어갔을까. 시집을 받으면 제일 먼저 이제는 그곳으로부터 와서 그곳으로 가신 박상혁, 이갑경, 강을 건너 먼 산에 드신 두 분의 이름으로 첫사랑 같은 사인을 해야겠다.

2022년 9월에

지리산자락 심원재에서

박남준

차례

1부

3부

4부

해설

1부

세상의 길가에 나무가 되어

먼 길을 걸어서도 당신을 볼 수 없어요
새들은 돌아갈 집을 찾아 갈숲 새로 떠나는데
가고 오는 그 모두에 눈시울 붉혀 가며
어둔 밤까지 비어 가는 길이란 길을 서성거렸습니다
이 길도 아닙니까 당신께로 가는 걸음
차라리 세상의 길가에 나무가 되어 섰습니다

날마다 강에 나가

흐르는 것은 눈물뿐인데
바람만 바람만 부는
날마다 강에 나가
저 강 건너 오실까
내가 병 깊어 누운 강가
눈발처럼 억새꽃들 서둘러 흩어지고
당신이 건너와야 비로소 풀려 흐를 사랑
물결로도 그 무엇으로도 들려오지 않는데

가을 편지

1

내 그리움의 끝과 다시 또 시작에도
당신은 서 있어요
이 밤, 그리운 당신의 창가에도 불빛 스며나고
풀벌레들은 다가와
물소리일까 낙엽 지는 걸까
낮은 울음 울며 깊어 가겠지요

2

이 나라 땅, 산과 들 강가
억새꽃들 피어나요
하얗게 세어서
세어 죽어 꽃이 되는
울 할매 죽어서 어낭소리 슬플 때
나뭇가지 가지마다 부여잡고
머리 풀어 눈물짓던
소복 같은 종이꽃
하얀 그 꽃이어요

바람 날리우며 춤추며
그 울음으로 피어나요

3
저 산을 가두어 놓았는지
당신께로 오고 가던
산으로 오르는 모든 길은 철조망으로 막히고
그 앞에 서면
북망산이여
불망이여
저 철조망처럼 막히어
서로를 부르고 있는지
철조망 새로 보이는
검은 하늘가
당신인가요
울며 가는 새

4

길 끝까지 걸어도 보이지 않아요
서른하나 길게 누운 무건 그림자 끌며
부를수록 당신이 저만큼 오실
반가운 길은 아득하고
떠돌아야 하나
당신은 소리치며 흐르던
먼 여름의 들판을 돌아
이제 바람 부는 가을 낮은 소리로 몸 눕히며
지나온 곳 돌아갈 곳도
넋 놓아 넋 놓아 버린 채
그 어느 빈 들판에서 봄꿈 꾸는가요

5
어디쯤이어요 꿈꾸다 꿈꾸다
갈 길 잃었는데
갈숲 저 앞에 서 있는
흰 들국의 웃음
보았어요

그 곁에 누우면
바람결로도 당신의 숨결 이어 오는데
들국은 지고
흰 들국의 울음은 가슴에 남아
먼 산 그림자 넘어요

칠석 1

칠석이에요 언제부터 까막까치는 모두 다 날아서 당신의 하늘가로만 다리 놓아 가는지 당신에로의 그리움은 아예 쏟아지고 엎질러진 건잡을 수 없는 물길이 되어 밀물져 오는데 만날 길 없는 해후의 눈물구름만이 푸른 하늘 가득 번져서 가요

칠석 2

그리움이 크면
저 들판 까막까치도 다리 놓아 주는 것을
이쪽과 저어기 끝
은하수의 하늘도 만나는 것을
기다림의 수 놓으며 베를 짜는 아낙도
워워 소가 되어 논밭 갈던 사내도
이 땅 위 선 하나로 남북이 되어 갈라져
등 돌리고 누운 채 미움을 더해 가는지
아아 그리움이 깊어
일 년에 한 번 십 년에 한 번만이라도
저처럼 눈물비 뿌리며 서로 부둥켜안고
뜨겁고 뜨건 눈물 울어 보았으면

당신

— 그러나 슬퍼하지 않는 것은 기쁨 안고 달려오실 당신을 향한 믿음 그 기다림이 있기 때문

당신이 오시던 날
눈을 감아도
세상은 꽃이어요
산과 들녘
강물에도 꽃잎들
나의 몸은 꽃내음으로
그 향내로
얼굴이 붉어요
당신을 생각했어요

기다리고 있어요
푸른 대나무 숲
그 솟아나는 기상으로 당신이 오실 날을
검은 아스팔트의 광장 위로 쏟아지는
비둘기 떼, 비둘기 떼
숨결 다하여 쓰러져 갔어요

꿈마다

당신은 또 황망히 손짓하며 오시지만

눈뜨면

살아남은 사람들의 가슴

이렇게도 이렇게도 찢어 흔들어 놓는

꽃이 떨어지고

나비가 떨어지고

날마다

새들은 하늘을 잃고

노래하지 않아요

떡국 한 그릇

선달그믐
어머니의 한숨처럼 눈발은 그치지 않고
대목장이 섰다는 면 소재지로 어머니는
돈 몇 푼 쥐어 들고 집을 나서셨다
사고 싶은 것이야
많았겠지요, 가슴 아팠겠지요
선달그믐 대목장날
푸줏간도 큰 상점도 먼발치로 구경하고
사과며 동태 뒤마리 대목장을 봐 오시네
집에 다들 있는 것들인디 돈 들일 것 있느냐고
못난 아들 눈치 보며
두부전, 명태전을 부치신다
큰형이 내려오면 맛 보이신다고
땅 속에 묻어 뒀던 감을 내어 오시고
밤도 내어 오신다 배도 내어 오신다
형님의 방에는 뜨근뜨근 불이 지펴지고
이불 홑청도 빨아서
곱게 풀을 멕이셨다

이번 설에는 내려오것제
토방 앞 처마 끝에 불을 걸어 밝히시고
오는 잠 쫓으시며 떡대를 곱게 써신다
늬 형은 떡국을 참 잘 먹었어야
지나는 바람 소리
개 짖는 소리에 가는귀 세우시며
게 누구여, 아범이냐
못난 것 같으니라고
에미가 언제 돈 보따리 싸 들고 오길 바랐었나
일 년에 몇 번 있는 것도 아니고
설날에 다들 모여
떡국이나 한 그릇 하자고 했더니
새끼들허고 떡국이나 해 먹고 있는지
밥상 한편에 식어 가는 떡국 한 그릇
어머니는 설날 아침
떡국을 뜨다 목이 메신다
목이 메신다

물싸리꽃 하아얀 그대 웃음 떠올리며

그대가
가슴 가득 사랑을 안고
살 에는 눈보라 속
어둔 밤을 달려나간 것도
애태우며 쓰러지고
쓰러지나 그마다 쓰러지지 않고
아름다운 피 흘리며
그대 풀꽃으로 일어서던 곳
다시 돌아올 곳도
이처럼 떨리는 그리움 안고
그대의 사랑
가지 가지에 열매를 맺는 저의 곁
이 땅이어요
그대 얼굴 가득 웃음 띄우며
아침 햇살과 봄바람
맑은 강물 한 아름으로
돌아올 반가운 길이 아직 멀고 험하대도
저의 마음 어찌

그대 아닌 누구의 이름 부르겠어요

아니어요, 아니어요

물싸리꽃같이 하아얀 그대 웃음 떠올리며

땅 일구고 씨앗 뿌리며

든든한 알곡 가꾸는

이 땅의 일꾼으로 땀 흘리겠어요

봄날

그는 아직 간밤의 술로 깨어나지 않고 창호지에 달려 온 아침이 눈부시다 밖은 봄볕으로 가득하고 댓돌 위에 그가 신고 온 검정 고무신이 먼 어린 날을 더듬는다 그래, 쑥국을 끓여야지, 나는 검정 고무신을 신고 문득 남녘 해남 땅이나 북녘 해주 땅 어디 어디 쑥을 캐고 있을 눈매 선한 얼굴들 떠올렸다

까치밥

담장 밖 늙은 감나무에 빠알간 감 하나
살아서는 이토록 만날 수 없는 일인지

—북쪽 어딘가에 살아 있을 거구만
두고 온 고향 생각 아들 생각에
외할머니는
올해도 까치밥 하나 남겨 놓으셨다

기우제

비가 오기를 기다렸다 일사병의 마른하늘을 보며 기다렸다 목을 빼며 기다렸다 땅바닥이 갈라지고 나무와 풀, 폐수의 강물들도 바닥에 누워 시들어 갔다 비가 오기를 기다렸다 들판에 익어 가던 곡식들이 말라 죽어 가고 정부에서는 비상시국을 선언했다 상수도가 차단되고 물을 저장한 탱크에 숨어 들어갔던 목마른 자들이 계엄당국의 재판에 회부되었다 치사량을 면할 최소량의 물 배급이 시작되었고 사람들은 새벽같이 일어나 일을 해야 했다 채찍의 학대와 멸시를 받으며 줄을 서서 기다려야 했다 종교계에서는 비를 내려 달라고 기우제를 지냈다 관상대에서는 좀 더 기다려 보라고 하였다 비는 오지 않았다 어리석은 일이었다 수많은 사람들이 목이 타서 죽은 후에야 깨닫기 시작했다 기다린다고 하늘은 비를 내리지 않는다는 것을 깨달은 사람들이 괭이와 삽을 들고 망치와 정을 들고 막힌 바위를 깨며 갈라진 땅을 파헤쳐 물을 찾기 시작했다

남쪽

혼은 어디에 있는가
빛은 어디서 오는가
남쪽은 슬픈 땅
노랫소리는 들려오지 않는가
내 태를 묻고 살아온
이 빈 벌판 끝에서 끝까지
피 토하는 육자배기
흰옷 입은 사내 하나 미쳐서 웃네
녹슨 조선낫 움켜쥐고 춤추며 우네

마을

흰 구름 하늘
박꽃이 피고
벌거벗은 아이들 강둑을 달린다
물장구치며
송사리 피리 붕어 쫓아다니고
아낙들의 빨래터엔
흰 빨래 희게 희게
검은 머리 감았네

어디로 가는 걸까
흰 구름 하늘
빨래터엔 검붉은 물때들
아이들은 이제 강으로 오지 않았다
마을은 비어 있었다
강물은 그리움으로 저리 울며 눕는데
돌아올 수 없을까
떠난 사람들

어여쁜 내 님은 죽어

그대 내 무덤 밖에서 부르는
봄 노랫소리 들었네
오월 들판이 저녁놀 빛 닮아 갈 때
거리서 거리로 마을서 마을들로
꽃들 살불을 붙이며 쓰러져 갈 때에
흰옷 입고 멀어지는 봄 노랫소리 들었네
그대 내 무덤가에 찾아와 가슴 찢으며 불러도
사방 대못 쳐진 어둔 방 속에 나 있기에
손짓할 수 없지만 일어설 수 없지만
그대 내 무덤 밖에서 부르며
꼭 들려주어야 할
힘찬 봄 노랫소리 기다리고 있었네

북녀에게

꿈꾸었지요 보름달이 뜬 어젯밤엔 당신과 손잡고 춤추며 천지며 백록 단숨에 내달리는 꿈, 아름다운 꿈 말이오 반달이 뜨는 밤마다 당신과 내가 서로의 이름 부르다 부르다 무장지대의 이쪽과 저쪽에서 쏘아대는 총을 맞고 신음하던 그 몹쓸 꿈 아니었다오 이처럼 우리가 같은 꿈 꾸는 것은 강제된 생이별의 오랜 세월로도 어쩔 수 없는 피와 살이 섞인 애초에 우리는 하나였기 때문 아니오 우리의 그리움이 방울방울 맺히고 모여 고된 물길로 흘러가 이뤄야 할 작은 냇물, 우리들의 물길이 목마른 이 땅을 적시며 푸른 생명들 일궈내고 우리의 넉넉한 사랑으로 채워질 펴 가도 펴 가도 넘실거릴 강물로 마침내 해방의 큰 바다에로 흐르기를 목메는 그 사랑 넘치는 마음 같기 때문 아니겠소 아직껏 우리가 애태우고 타오르며 서로를 향해 다가서려 함은 가슴마다에 간직해온 작은 사랑의 불씨로 온기 나누며 그 불씨를 겨울 언 땅에 봄 불 지르며 녹여 새싹 움트게 하고 꺼지지 않는 불길로 살아 서로의 어둠 밝혀 주려는 꿈, 그 어둠 물리치려는 마음 같기 때문이라오

아직은 겨울 이 나라 언 겨울 땅에도 곧 봄은 오겠지요 우리를 이처럼 헤어져 살게 하는 그 모든 억압과 금단의 철조망들이 녹아 부서지는 봄이 오면 그 봄날에 우리들 봄나물 캐어 된장을 풀고 봄나물국 끓여 나눠 먹는 봄나물국밥, 그 얼마나 간절한 바람이겠소 조선 땅 모든 사람들 봄나물국밥 나눠 먹는 봄, 봄, 정말이지 그 해방의 봄이, 통일의 봄이 왔으면 좋겠구려, 우리들의 사랑으로 꼭 그 봄을 오게 합시다 또 소식 전하겠소 그럼…

전라도 사내

쑥개떡 먹으며 삘리리
보리피리 불고
풀꽃 꺾어 가만히 건네주며
환하게 웃던 사람
성큼성큼 큰 발걸음
궂은일 마다않고
떡 벌어진 어깨로
힘든 일 앞장서며
서글서글하던 그 눈빛
늘 보아도 좋더니
꽃피는 삼사오월
타오르는 사랑으로 노한 눈물 흘리며
두 주먹 불끈 쥐고 조선낫을 썩썩 갈아
죽창을 들고 죽창이 되어 달려가던 사람아
꽃 지고 설운 길섶에
늙은 어메 남겨 두고
핏빛 옷자락 날리며
미쳐서 미쳐서 끌려가던

중노송동 일기

떠다녔다 기웃거렸다
달려가는 발길들에 밀려나고 밀려나며
어느 발길, 손가락질에도 비틀거리지 않겠다던
젊음도 이제 지쳐 비틀거리지 않고는
돌아갈 수 없다
몇 번이나 빈 주머니 속을 확인했는가
중노송동 1가 9-1
밤 늦도록 산동네 졸리듯 흘러나오는 불빛들
우유 배달, 청소부, 새벽 일터 나가는 사람들
똑바로 걸으면 걸을수록 길은 어긋나고
못난 놈, 못난 놈, 부끄러움만 매질할 뿐
반길 이 없는 어둔 방, 그 앞에 서면
그립다, 불 밝혀 기다리는 이
눅눅한 습기들도 기다리다 지친 한 칸 사글셋방
너도 그렇게 눈물 나는 하루였더냐
호랑지빠귀야, 슬픈 새소리 들려오고
어젯밤에도 그랬던가
재떨이 뒤져 꽁초 한 개비 태워 물면

또 하루가 막막하기만 한
어머니,
당신의 눈물로도 정화수로도 어쩔 수 없는
집 떠나 소식 없는 못난 아들의

낮잠

꿈꾸었습니다 더운 여름날 나무 그늘 아래 시원한 바람 불러다 놓고 나는 아름다운 당신의 일땀을 씻는 맑고도 청량한 낮잠 한숨이 되어 달려갑니다

차를 마시며

당신을 생각하며
밤으로 고이 익은 이슬을 따아
차를 내었습니다
머언 풍경 소리가 바람결로 실려 오고
무심한 아침이 안개 새로 또 열려도
당신의 숨결 그윽한 향내는 깊어만 가는데
얼마나 그리운 날의 낮밤이 흘러야
당신의 먼 발치가로나마 나는 다가설까요
다시 꿈길로 떠돌던 밤이 가고
찻잔에 실린 먼동이 푸른 하늘을 엽니다

2부

법성포 1

이제 한 세월 지나면
뻘밭으로 몰려 남아
옛적 기억들만 퍼질나게 떠올릴
폐선장이 다 되어 온 법성포 앞바다

어릴 적
까마득히 솟은 걸대 이루 셀 수 없고
걸대들 마다마다 두름두름 말려 놓은
가진 입이면 들어 아는 법성포 영광굴비
다랑가지 아재들이 칠산조기 낚아다가
배때기에 돋은 비늘 쓰억쓰억 긁어내고
아가리며 아가미에 염을 먹여 맛을 내다
빼갈보다 더 독하고 양주보다 더 좋은 놈
맥주 먹고 정종 먹던 입, 한잔이면 나뒹굴을
토종이지 법성토종 말술로 털어놓고
밤을 새워 두름 엮어 걸대에 걸었네
그때, 아재들 가슴 참 넉넉도 보였는데

이제 한 세월 가고
뻘밭으로 몰려 남아
아재들 똑딱배는 바다가 목마르고
폐선장이 다 되어도 법성포 뱃놈으로 남겠다는
아직 곧은 가슴은 넉넉해 보이는데
아재의 허허 웃음이 가난에 절었구나
아재의 허허 웃음이 가난에 절었구나

법성포 2

—뱃놈

뻘밭에 서서
엄니는 떠날 줄 모르구나
떠나지 말라고 가슴 조였는데
엄니는 꿈에서 찢긴 그물 봤다는데
아버지는 그여 뱃길 뜨더니
바람 잔 바다에 한숨만 남았지라
꿈이 있다면 고기 많이 잡는 거제
빚진 돈 갚아 보고 맘 편안히 잠자는 거
보리밥에 흰쌀 놓아 배 든든히 채우는 거
무심헌 건 용왕님이 아니구라
징헌 바다가 아니구라
사람다이 살고지운 욕심이었응께

돌아오고 싶었겠지라
찢어진 옷가지만 뭍으로 보내온 날
참말로 참말로 기맥혔겄제
그렇게 울고 나면 울 일 없는지 알았는데

앵앵 새끼들은 어찐답디요
배고픈 내 뱃속은 어찐답디요
막막허고 기맥혀서
아이고 어찌 산답디요
갈라요
나도 따라 갈라요
엄니의 절절한 울음만 남았지라

그렇게 떠나셨지라
아버지의 바다에 몸 던지셨지라
어린 새끼들은 울며 보채는데
바다는 또
말 없어라우

떠나 살고 싶었지라
다시는 바다를 보고 싶지 않았는데
바다만 보였지라
뱃놈이 됐어라우

배 타고 바다 가면
눈물은 이제 보이지 않는구만
보이는 건 눈에 선한
그물 가득 고기 잡는 것이구만
불 밝혀 기다리는 동생년이구만

어영차 그물 쳐라 저영차 그물 걷자
이 그물을 놓아서는 쌀도 팔고 보리도 팔고
또 한 그물 걷어서는 밀린 빚이 갚아질까
몇 번을 그물 쳐도 함지박 하나 못 채우고
몇 날을 배 띄워도 선주네 줄 돈만 불리지만
그렇더라도 높은 하늘아 떠나 살 수 없는 것은
뱃놈의 하늘은 바로 바다였으니께
뱃놈이 파고 살 똑바른 땅이었으니께

법성포 3
—풍어기

깨갱맥깽 깽깨갱맥
두둥둥둥 둥두둥둥
손없는날 잡아서는
용왕님께 제지내고
칠산호에 닻올려라
고기잡이 배띄워라
칠산바다 푸른물에
얼씨구나 배를타고
끼룩끼룩 갈매기야
고기떼를 찾아가자
갈매기떼 가리킨곳
저기저기 푸른물에
어여가서 그물내려
고기듬뿍 잡아보세
에헤라야 그물치고
데헤라야 그물걷세
걷는그물 하도무거
땀이줄줄 힘들어도

가난고생 모른사람
이신명을 어찌알까
그물걷어 갑판위에
슬금슬금 풀어보니
용왕님네 보살펴서
풍년일세 고기풍년
잔챙이는 우리갖고
큰놈존놈 돈을사려
어판장에 실어가니
풍년들어 똥금일세
생색내는 수협조합
야금야금 돈빼먹고
거간꾼은 똥금주고
뒤로통통 배채우고
뱃놈들은 굽신굽신
받은돈을 쥐어보니
그래도야 살맛나던
신바람은 금세가고

정신번쩍 차려보니
고기판돈 선주줄돈
우리빚은 우리갚고
돈방석엔 선주앉고
빈갑판에 우리눕고
속상해서 어쩔거나
남은것은 잔챙이뿐
뱃놈들은 비칠비칠
속이타서 술먹고야
칠산바다 푸른물아
멍들어서 푸른물아
한이깊어 멍든물아
풍년들면 무엇하냐
고기잡아 무엇하냐
고기풍년 풍년들면
빚풍년만 찾아오니
기쁜일은 언제오고
웃는날은 언제오냐

내배갖고 고기잡아
살아볼날 언제오냐
깨갱맥깽 깽깨갱맥
두둥둥둥 둥두둥둥
배빌려서 또떠난다
고기잡이 또떠난다
고기풍년 풍년들어
뱃놈들도 제값받을
오메오메 눈물나는
고기잡이 또떠난다

법성포 4

—부두

물이 들면
뻘밭의 부두로 서해의 물이 들면
땅끝에 선 사람들은 만선의 기다림만이 남아
끼루룩 갈매기 울음 닮아 가는데
어디로들 떠나갔을까
갈매기가 없는 바다 위로 지친 닻을 내리는
흉어의 목선들 잡치 몇 상자
돈이 될 만한 것은 없구나
낡은 갑판 위엔
깊고 검은 주름의 얼굴들 어깨를 늘이고
먼 바다를 보는 걸까
아니면 하늘
흰 구름 저 피어런 하늘

법성포 5
—흉어기

이대로 폐선장이 되어 버릴까
늙은 아재가 숨 쉬던 바다
허어이 바닷가에 그리움이 떠다녔지

'돈 실러 가세 돈 실러 가세
영광에 법성포로 에라 돈 실러 가세'
허허 그런 노래도 있었구만
뭣이냐 양달 있으면 응달 있게 마련이라
이렇게 사는 우리야
그때라고 뭐 뾰족한 수 있었것냐
팔자 늘어졌것냐만
뱃놈으로 태어나 뱃놈답게 살았어야

짠물에 절은 아재의 깊은 속병
돈 좀 없이 살면 어쨌다냐
벌써 몇 달째 배 한번 띄워 보지 못하고
아재는 꿈마다 헛소리였다
펄떡펄떡 갑판 위로 솟구치는 고기 떼 고기 떼

두 팔 가득히 펴 담으면
야야 비린내가 다 무엇이냐
퍼런 바다 냄새 깊고 너른 고향 냄새
'간다 간다 나는 간다
칠산바다에 나는 간다
정든 임 두고서 바다에 간다'
고기 봐라, 우와 고기 봐라
고기 좀 잡아 봤으면
배 타고 나가 봤으면
그물도 손질하고 배도 새로 단장해서
서해바다 용왕님네 터줏대감 성주님네
어화 조상님네 두루두루 살피시어
칠산바다에 어영차 배 띄워 보았으면

고기는 잡히지 않아도 고깃값은 똥값이고
요리조리 눈 빠르고 돈 많은 도둑놈만 잘산다고
냉동공장 차려 놓은 거간꾼들 똥금 주고 고기 사서
금 좋을 때 풀어놓아 푼돈 떼돈 쓸어 가니

수산협동조합이라는 것은 뭐 하는 곳인지
수산협동조합이라는 것은 누굴 위해 있는지
흉년의 바닷가엔 그리움만 살아
아재는 어쩌자고 밤마다 몽유병에 시달려
칠산바다 우우 소리치던 고기 떼가 되었을까
고기 떼를 찾아 찾아 갈매기가 되었을까
닻 내린 배들은 벌겋게 녹이 스는데
뻘밭에 몸 누인 채 저렇게 묻혀 가는데

법성포 6
—굴 따는 아낙네

물이 빠지면 시작되는 하루 낮의 노동
쩍밭으로 나가서 굴을 딴다
따고 또 따고 손등 찢기며 따지만
밑살이라도 빠졌는가
조그만 함지박 하나 시름에 겨웁다

에야 에헤나야 쩍밭 굴밭 사람네야
어떤 년은 팔자 좋아 공단비단에 호사하고
이내 몸은 이 모양 요 꼴 설운 신세 눈물 난다
에야 마소 굴을 따자 에하나야 굴이나 따자

젖 달라고 내 새끼 울지나 않는지
뱃길 떠난 아범은 아무 탈 없는지
스르릉 밀물이 발밑을 파고들면
퍼렇게 시린 손 허리춤에 녹이며
끄응 일어나야지
못다 채운 함지박이 마음에 걸리고
서둘러 뭍으로 향하는 몸 무거운 발걸음들

물 들어 시작되는 남은 반의 노동
굴 좀 사가라우 금방 따 온 굴이오
아따 물 먹인 것 아니어라우 100원만 더 쓰시오
큰놈이 애기는 잘 보고 있는지
아범이 돌아와 기다리지는 않는지
쌀집에 들러서 쌀 한 되 팔아 들고
어여 가야지 총총
지는 해가 바쁘다

법성포 7
—겨울밤

포구에 밤이 오고
눈발을 털며 기웃거리다 모여든
썰렁한 대폿집
뜨끈한 실가리국에 시린 막걸리 잔 돌리며
가슴마다에 맺힌 응어리를 삭일 때까지
몇은 신이 나서 떠들고
포구의 시절 좋은 때를 그리워하지만
그리움은 그리움으로만 안타까울 뿐
몇은 풀이 죽어 술잔을 거푸 들이켰다

밤이 깊도록 포구는 눈발에 휩싸이고
속절없는 사내들의 가슴은
뻘밭처럼 질척이는데
누군가의 입에서 구성진 뽕짝이 나왔다
젓가락 장단에 맞추어
그렇게라도 해야만 직성이 풀리겠다는 듯
사내들은 바락바락 악을 써댔다
목포는 항구다 목포느은 하앙구우다

어디서 육자배기 가락이라도 들려올 것 같은
목을 놓아 목을 놓은 밤
울릉도나 주문진
오징어 배라도 타러 갈까
공사판을 찾아 돌며 날품이나 팔러 갈까
흉어의 저 바다에 조기만 다시 온다면
살구꽃 허옇게 피는 날
칠산 앞바다에 참조기 떼 돌아오는 날은
다시 올 수 없을까
영영 글러 버린 일일까

밖은 좀처럼 눈발이 그치지 않았다
움츠린 어깨 너머로 하나둘
포구의 불빛들이 힘없이 사라지고 있었다

법성포 8
—원자력 발전소

사람들은 이제 뱃일을 그만두었다
포구의 뒷산에는 아름드리 팽나무가 뽑혀지고
아스팔트의 큰길이 뚫렸다
철근과 시멘트를 실은 차량이 매연에 감겨 질주하고
포구는 술렁이고 있었다
흉어의 바다에 나가 빈 갑판으로 닻 내리는 것보다야
목숨을 잡혀 놓고 파도와 맞서 싸우는 것보다야
백배 천배 나은 일이지 확실한 돈벌이였다
오천 원 육천 원 칠천 원
사내들의 가슴에는 등급이 매겨지고
선진조국의 상징처럼 원자력 발전소
그 거대한 콘크리트의 돔이 솟아오르는 동안
건설업체의 부주의로 죽어 간 사람들은 몇 푼의 보
상금에도
그들이 죽었으므로 말이 없었다
포구는 날로 번창했다
한 집 건너 술집이 두 집 건너 다방이
당구장이 가라오케 룸살롱이 병원들이

일터에서 돌아오는 사내들을 기다렸다
휘청거리며 휘청거리며 포구는 기다리고 있었다

법성포 9
—폐촌 전설

지금은 없네 조아머리*
바다로 난 길을 걸어
귀 기울이면 어쩌면
'어기야 어하 어기야 어하
칠산바다 너른 들에
고깃배가 돌아온다'
저기쯤 뱃마당엔 구릿빛 사내들의 뱃길 돌아오던 소리
갑판 가득 고기 떼 싣고 만선의 깃발 날리면
뻘밭을 타고 미끄러지는 아이들의 웃음
어머니의 아낙들의 노랫가락 흥겹던
소리들 달려올 것 같아
바다로 열린 마을에는 지금은 없는 들리지 않는
소리들이 흩어져
바람이 부네 파도로 우네
철썩—
서울로 갔구나— 서울로 갔구나—
몸 팔러 갔구나— 몸 팔러 갔구나—
하나둘 가서는 돌아오지 않았지

가서는 늙은 몸 병든 몸 돌아와 몸 묻었지
뻘밭을 나는 몇 갈매기 떼와
떠나지 못하는 것은 버려진 고향집뿐이었을까
실처럼 남은 기억뿐이었을까
아직은 샘물이 솟아 마르지 않은 곳
잠 깨어 기다리는 어머니도 없고
정자나무 아래 흐르던 전설은 멈추어 버린 지 오래인데
왠까
엄니이— 하고 부르면
금방이라도 마을은 살아올 것 같으니
모락모락 밥 짓는 저녁 연기 피어오르고
개 짖는 소리도 다시 들려오고
두런두런 사랑방에 모인 반가운 얼굴들로

* 전남 법성포의 서쪽에 있는, 지금은 폐촌이 된 마을 이름.

나박바우* 망부석

못 가라우 못 가라우
혼자 두고는 못 가라우
해진 그물 깁고 기워
검은 파도 뱃길 떠난
임아, 하늘 같은 내 임아
물길이 막혀 못 오는가
이몸이 싫어 안 오는가
파도 쳐 부서져 부서져 우는
나박바우 올라서서
못 잊것네 못 잊것네
임아
임의 땅이었던 임의 하늘이던 임의 바다
임의 억센 팔에 안겨 수줍게 눈 감던
사랑, 뻘밭마다 밀려오고 묻어나는
파도, 임의 숨결 두고
못 떠나네 나박바우 망재 넘어
못 떠나네 저 바다 두고

* 법성포의 서쪽마을 조아머리 북서쪽에 있는 붉은 핏빛의 큰바위.

법성포 육자배기

피눈물인가
피울음인가
땅을 치며 땅을 치며
간장을 끊어 끊어
토하는 핏덩어리
절절한 그리움인가
나도 따라 갈라요
당신 가신
저 바다 물길 속
검은 머리 파뿌리
살자던 임아

영광굴비

그리운 칠산바다
산란의 몸 풀지 못하고
눈 감지 못하고 눈 부릅뜨고
입 다물지 않고 혀 빼물며
죽어 남긴 너의 이름자
비겁하게 굴복할 수 없다
굴비屈非
굴복하지 않겠다
너는 썩지 않고 문드러져
차라리 모가지가 떨어진다
영광굴비야

3부

들판에 서서

어쩌리, 들판에 서면 떠나지 못하네
작은 가슴 미어지게 들판이 비어 가면
설움 깊어져서 못내 돌아보고
떠나지 못하는 무엇이 있을까
기어이 뿌리치지 못하는
정든 것이 있었을까

노여움이었구나
똑바른 정을 다해 들판을 키웠는데
거름 내고 흙을 갈고 씨 뿌리고 김을 매며
땀 흘리던 저 일손들 들판을 채우던 저 알곡들
어느 것 하나 성하지 못하니
들꽃들 스스로의 허리 꺾고
흩어져서는 울고 있는지
눈물 감추며 더욱 아픈 마을들
부르면 달려오는 것일까

들판에 가면 이제 알겠네

'저 건너 묵은 밭에
쟁기 없어 묵었느냐
임자가 없어 묵었느냐'
빈 들판 울러대는 찬 바람 잠재우며
거기 씨 뿌리던 어머니의 손길
떠나지 못하고 뿌리내려 있는지
태어나서 오직 한길 들판에 호미로 사시던 이
어째서 어머니는 빈 들판이 되셨을까

짓밟혀 깨어져도 피 뚝뚝 흘려도
봄이면 새싹 틔워 우리 힘 되어 준 땅
거둔 농사 빼앗겨도 지켜야 할 땅이었기에
평생을 빈 들판으로 어머니는 사셨지만
제게도 그 순종을 미덕이라 하셨지만
들판 믿고 당당히 살아야 할
떳떳이 물려주어야 할 내 땅이기에
힘차게 두 팔 걷고 꽉 찬 들판 키워내며
하늘빛을 닮은 그 들판 곁에 서서

지는 해 바라봐야지요 그러믄요
뜨는 해 바라봐야지요, 손뼉 쳐야지요

보리

구르고 굴러서
한 백 년 썩으면
허옇고 미끈한 쌀밥이 될랑가
언 땅 깊이 모질게도 목숨 지켜 왔으니
한갓진 단꿈만 꾸고 살지는 않았네
땀 흘리던
지나온 길과 갈 길 또한 험한 길
우리가 깜부기를 용서할 수 없듯이
굽히지 않고 몸 세운 성난 보리까실이 되어
오월 비바람 앞에는 쓰러지지 말자
택도 없다 쓰러지다니
우리 살아온 모진 겨울
웃자라 키만 크고 안으로 뿌리 실하지 못한
행여 어린 우리의 뿌리에 찬바람 닿을까
꼭꼭 살아 있거라
뿌리라도 살아 있거라
시린 발 종종 걸어 들뜬 땅 밟아 주던
눈물겹다, 어디 쓰러질 일이냐

햇볕이 깊어 우리가 저마다의 알곡으로 살쪄서
땀 흘리는
농부의
무쇠의
조선낫 아래
노래하자, 기꺼이 몸 바쳐서 쓰러져
쓰러져 한바탕 다시 살아나는
피가 되고 살이 되는 보리밥이 되자

우리들 흙에 묻혀 흙 되지 않고 썩어서
썩어서 언 땅 박차고 일어나
가슴들 따순 가슴들 어우러진
보리밭 이루며 살아야 될 일 아니냐

농부 1

—야반도주

땅의 힘 믿으며 눈물 잊고
땅 파며 살아온 사람
밤봇짐을 몰래 싸며
뜨건 눈물 숨죽여 울며
다시 올 수 없겠네
땅 버리고 떠나는구나
돈 떼먹고 떠나는구나

농부 2

—푸른 들을 잃고

나 태어나 오직 한 길
들판 키우며 살았었네
봄 여름 가을 없이 힘도 무척 들었지만
농약 치고 농약 먹고 피 뽑고 거름 주며
가문 논에 물세 내고 땀 흘려 물 채우면
들판은 날로 푸른 빛을 더해 가서
오메 좋은 거, 가진 것 없이도 든든했제
먹을 것 없어도 배불렀제, 신명도 났었는데
누렇게 여문 알곡들 그 들판 바라보면
높은 하늘은 높아만 보일까, 그 하늘에
어쩔거나 영농자금 연체이자 날개 달아 펄펄 날고
애꿎은 추곡가만 물가안정에 뒹굴어야 하니
농협 돈 갚고 나면 뭘로 먹고 살어갈까
씨나락 다 까먹고 내년 농사 뭘로 짓냐
땅 믿고 살어왔더니, 하늘 믿고 살어왔더니
시퍼런 두 눈 뜨고 죽으란 말이냐
아아 땅 버리고 떠나 살란 말이냐
빈 들판에 쓰러져 우는 사람아

농부 3
—가을

추수 끝났다
쌀 한 가마 보이지 않고
빚잔치 끝에 남는 것
팔리지 않는 텅 빈 집과
소처럼 일하고 등 굽은
맨몸뚱아리, 맨몸뚱아리뿐이구나
어찌 살까
죄 없는 어린 새끼들
죽자 함께 죽자 몹쓸 놈의 세상

농부 4

가난은 죄가 아니라지만
낯 뜨건 일 아니라지만
서런 일이었다 눈물 날 일이었다
땅 믿고 땅 파며 곧은 허리 굽었어도
남아 있는 것 무엇일까
이놈의 땅
이놈의 땅
먹을 것 제대로 먹어 본 적이 있을까
입을 것 제대로 입어 본 적이 있을까
이놈의 땅이 무슨 대수라고
땅 버리지 못하고 팔고 뜨지 못하고
서울 변두리 구멍가게라도 했으면
새끼들 학교라도 제대로 보냈제
몹쓸 놈의 아이고 이제는 하늘도
하늘도 달라졌어야
내 텃밭의 기운들도 모두 꺾어졌어야
잘살면 얼마나 잘살아 보겠다고
넘의 돈 얻어 쓴 것이 잘못이제

있으나 없으나 그냥저냥 살 것인디
영농자금이다 뭐다
내 눈깔에 뭐가 씌었제, 환장했었제
축산시범인가 육성인가 지랄 마을인가
똥값 갯값 소 키우자고 이 고생을 하였던가
이 빚 끌어다 저 빚 갚고
이놈 빚 갚으려다 저놈한테 물려
다 뜯기고 어쩔까이 몹쓸 놈의 세상
변했어야 단단히 변했어야
인심도 천심도 다 변한 놈의 세상
하나둘 떠나가고
새마을 큰길로 다 빠져나가고
그 좋던 인심 다 어디 가고
생각해 봐라
좋은 일 궂은일 함께 서로 힘이 되어
같이 안 울지 않았디야
같이 안 웃지 않았디야
어디 갔디야 다들

한 집 두 집 마을을 뜨고
세상에 상여 멜 사람 없구나
걸음마다 살 저미는 가슴 뚝뚝 흘리며
살다가 가다가 못다 한 말
죽어도 죽어도 해야 할 말
땅 믿고 땅 파며 살아온 놈이 망한다면
세상에 망하지 않을 놈이 어디 있단 말이냐
지금은 이렇게 업신을 당하고 사는 꼴이 꼴 아니고
말 잘 듣고 말 못하는 야야 등신들인 줄 안다만
웃기지 말아야 우리들은
모진 겨울 칼바람에도 살아남는 조선보리
밟으면 밟을수록 푸른 들판 일궈내는
동학 농민군의 후손들이어야
동학 농민군

농부의 무덤 앞에서

저렇게 눈발은 흩날리는데
하얀 눈길 걸어 꽃상여로 떠나네
궂은 세상 살다가 혼자 가는 길
산다는 것
죽음이란 것도 이런 것인가
목숨 같은 논밭 두고 어떻게 두 눈 감았는가
씨나락 갈무리하며 내년 농사 걱정이더니
이렇게 가자고 그 고생이었던가
못 가것네 쉬었다 가소
못 가것네 쉬었다 가소
불 지펴 쭈그리고 술기 오른 무덤 앞
살아 있는 사람들 남은 세상 걱정이고
우리는 다만 다만 살 일이 걱정이지만
태어나 예 오기까지
그저 마을 밖 벗어나면 저 세상인 줄 알던 사람
잘 가게 이 사람
고생만 하다 하다 이 사람
이 사람아 좋은 세상에 가서 살게

소몰이

— 1985년 7월 26일, 전라북도 진안 지역 소몰이 농민대회에 부쳐

똥값이라니 이게 웬말이냐 갯값이라니 그게 웬말이냐
마른하늘에 날벼락을 쳐도 세상천지 유분수지
피땀 흘려 지은 농산물은 똥값으로 주저앉고
빚 내다가 키운 소는 갯값으로 떨어지니
두 팔 걷어붙이고 가자 가자
맨주먹인 들녘
피 흐르는 들녘
빼앗긴 우리들의 자유
짓밟힌 우리들의 피땀 어린 노동
똥값으로 주저앉은
조선 나락들아 보리들아
똥개 값이 되어 버린 이 땅의 소들아
가자, 우리도 살아야 한다
가자, 일어서서 모두 가자
가서는 부조리와 불평등 매판 외국 농축산물 쫓아내고 쳐부수자
죽었느냐 죽지 않고
살았느냐 올바로 살아

달려오는구나 저기 저기 앞산 옆산 뒷산에서
달려오는구나 여기 여기 진안으로 진안으로
소를 몰고 경운기 타고 가슴마다 뜨거운 사랑으로
달려와 훤한 세상
농민 세상 쏟아내는구나
이랴 가자
자라 어서 가자
젊은 여자도 늙은 어메도 소를 몰고 나오는구나
아이들도 어른들도 함성으로 달려오는구나
소를 몰던 농부들이 몰매를 맞고 잡혀 가고
십자가를 든 성직자는 폭도로 몰려 짓밟혀도
막을 수 있으랴
꺾을 수 있으랴
산 넘고 물 건너 들판을 내달리며 우리들은 보았다
산불처럼 타오르는 우리들의 크나큰 힘
일어서야 한다
이랴 어서 가자, 자라 함께 가자
살아 일어나야 한다
펄펄 살아 싸워야 한다

아들아 내 아들아!

알곡으로 보이더니 쭉정이로 자랐더라고
들인 공만 서럽더라고
이슬 내린 논둑길을 걸어도 걸어도
애비는 노여웠다
이놈아
늬 애비의 하루는 피 뽑으며 농약 치고 쓰러지던 하루
피는 살아나고 멸구들 살아나서
돌아오던 밤길은 농약에 중독되어
아이고 쌀밥 안 먹고 말제 힘든 일 푸념해도
우리 아니면 누가 농사짓것느냐
우리 아니면 누가 밥 먹고 살것느냐
허리 아픈 일손 멈추며
먼 산이며 앞 강물에 다짐하며 살고 있다
그러나 이놈아
네놈의 하루는 무엇에 중독되었느냐
팝송에 코카콜라에
다국적 자본에 중독되고

총칼에 휘청거리며 어찌하여 술 취하여 있느냐
부끄럽구나 부끄럽구나
어찌하여 무릎 꿇고 네 일이 아니라 하느냐 이놈아
아들아 내 아들아
먼동이 트고
애비의 발걸음 걸음마다 훤히 드러나는
새벽 논둑길 함께 걸어
깨어나는 푸른 생명들 보아라
네가 태어나고 네가 일어나 싸울 곳
가자, 그리하여 너의 젊음 펄펄 살아나서
헛되지 않게 살아나서
땅으로 돌아갈 것 돌아가게 하고
땅에서 솟아날 것 솟아나게 하여
참으로 산다는 것이 기쁨이게 하자
큰 사랑이게 하자
아들아 내 아들아

검은 죽음의 땅에서 우리가 만나

나무인 너와 돌인 내가
너는 그늘이 되어 땡볕을 막고
지친 일손들 쉬게 하고
나는 디딤돌이 되어 징검다리 놓고
물길 가르며 길을 열고
시린 물 건너게 하고
참말로 참말로 넉넉하게 살았었네
그러나 너의 풍요는 잘리고 뽑히고
그러나 나의 평화는 부서지고 깨어지니
불이여 불이여 네 몸에 불지르고
너는 타오르며 소리치고
분노여 분노여 나는 돌팔매가 되어
돌비가 되어 쏟아져 꽂힐 때
찢겨서 찢겨진 우리는
끌려갔지 깊고 검은 죽음의 땅
쫓겨난 대지의 끝에서
그곳에서 만났구나
이제 눈물 없던 우리가 만나

서로 부둥켜안고
이를테면 목석인 우리가 말이야
왜 이리 서럽게 울어야 하는지
이대로 죽어
무덤도 없이 뒹굴어
잡풀에 파묻힐까
혼백만 남아 구천을 돌까
물소리 풍경 소리 그리운 고향
돌아가야 하네 언제인가 그날
목메어 목메인 곳 돌아가 돌아가서
너는 너는 고향마을 지켜 주는 당산나무 되고
나는 나는 돌담 쌓아 모진 바람 막아 주고
큰 기둥 받쳐 주는 주춧돌 되고
언제인가 그날
그날엔 우리 눈물 없이 가야는데
아아 깊고 검은 죽음의 땅
고향 하늘 먼데
고향 땅 너무 먼데

내가 살던 마을은 물속에 잠기고

옥정리* 동네에 빈집들 더해 가고
아버지의 새벽이 눈뜨던 기슭은
속절없이 멀어져서
비가 내린다
이 비, 가문 고향에 오던 예스런 풍경인데
마른 강을 채우고 물꼬 가득 배 채우고
구릿빛 일손들에 웃음 주던 고향 빈데

떠나고 말았네
돌아보며 뒤돌아보며
내 죽어 조상님네 어찌 대하나
조상 팔고 논밭 팔아 서럽게 받은 보상
우리는 이제 뿌리도 없는 놈이구나

떠나던 들길에 억새꽃들 바람에 눕고
걸어도 걸어도
고향 하늘은 따라와
후득 후득

비 뿌리며 매달렸네
고향 땅이 그리워
흙냄새가 그리워
들리는가
울 아버지 저 애잔한 소리
다시는 가지 못할
한 뼘 땅을 그리다가
끝내는 상여로도 돌아가지 못하고
섬진강에 뿌려 다오
눕고 말았네

비가 오네
늙은 우리 어메 설움 복받치는 눈물비
이 빗물
흐르는 대로 놓아두면 흐를 길 놓아두면
서러워 고개 넘던
떠나온 고개 넘어
물속 고향 땅에 닿을까

아 아 고향 집을 찾을까

*전북 임실군 강진면 옥정리(섬진강 다목적댐 수몰지구).

계화도

조립식의 공사판 막사 같은
획일로 이어진 집
양지쪽 한 모퉁이 계집아이들
고무줄놀이한다
'나의 살던 고향은 꽃 피는 산골
복숭아꽃 살구꽃 아기 진달래'

서럽게 떠나왔었네
물에 잠긴 고향 산천 집구석이며 논밭 두고
돌아보며 뒤돌아보며 발길 떨어지지 않았다네
떠나고 떠나 산들 잊힐 일이던가
그립고 그리워도 갈 수 있는 땅이던가
꿈마다 가위눌러 오는 고향 땅 선영님들
살아도 사는 것이 아니었다네

질기고 질긴 것은 목숨이었을까
땅 버리고 살 수 없는 것 팔자소관이었을까
멀쩡한 내 땅 뺏기고 산 설고 물 설은 곳

소금기 뻣뻣한 땅 쪼가리 논바닥에 엎어져
땅거죽 같은 손등으로 피눈물 훔쳐 가며
좋은 날 있것제, 좋은 날 살어 보것제
그래도 정 붙이고 살아온 지 십여 년
새벽같이 일어나면 물싸움이었네
물 갈아도 물 갈아대도 소금기는 가시지 않고
등쌀에 못 이겨 심은 모는 벌겋게 타 죽어 가는데
죽어 가는데
누군들 농사 잘 짓고 싶지 않었을까
텅 빈 논바닥 보고만 싶었을까
아니라네 아니었다네
땅 놔두고 농사 안 짓는 죄 하늘 아래 가장 큰 죄
농사꾼이 어째서 그 큰 죄 모르것는가
조상 팔고 논밭 팔어 서럽게 받은 보상
남은 것은 없었다네 웬수 같은 땅 몇 마지기뿐
전라북도 임실군 옥정리에서 왔구먼
나이보다 늙은 아낙의 눈이 금세 축축히 젖는다
식구들 먹을 양식만큼 소출이 되기 시작했네

계화도 쌀이란 것이 전국적으로 유명해지기도 허고
서울서는 비싼 값으로 부자들만 사 먹는다는디
이 꼴이 무엇인가 이 꼴이 무엇이여
나오느니 한숨이고 느는 것은 빚더미니
논이라고 있는 것 아직껏 내 논 안 되고
집이라고 있는 것 여태도 내 집 안 되어서
세간 하나 못 장만허고 사는 것이 이렇구먼
달도 차면 기울고
기운 달도 다시 차는디
언제 한번 살아 볼 날 있것제
땅뎅이만큼 듬직한 아들이 넷이나 있는디
시상에 뭐 가진 것 부러울 것이 있것는가

살어야제
또다시 떠나서는 안 될 일이기에
일손을 기다리는 이 땅이 있기에
갯바람 계화도에 꿋꿋한 아낙이 살고 있다
새로 태어난 아이들이 자라서 논으로 가고 있었다

이 땅, 이 하늘에 태어나서

우리 살 곳
그 어디든 없으랴만
흐르는 물 흐르게 하고
솟은 산 솟게 하고
물길 다스리며 푸른 생명들 키워내서
사람을 사람으로 살게 하고
짐승은 짐승으로 살게 하던
흙향기 가득찬 이 땅에 태어난 사람들은
봄이면 씨 뿌리고 가을이면 거두어서
하늘에다 제 지내고 음식들 나눠 먹고
땅에 감사하며 춤과 노래를 바쳤었다
그러나 우리들 언제
뿌리째 뽑히는 나무라더냐
짓이겨 죽어지는 풀이라더냐
밟혀 누웠다가도 다시 몸 세우는 풀잎 있듯이
뽑아도 뽑아도 파란 싹 내미는 들풀 있듯이
쫓기고 내몰리어 모이고 모인 목숨들
뺏기고 짓밟혀도 잇고 이어 온 목숨들

한숨의 땅
눈물의 땅이었지
분노의 땅
죽창의 땅이었지
반란의 땅
쑥대밭의 땅
혁명의 땅이었지
꽃 피던 땅이었지
꽃 꺾이던 땅이었지

마한이 살고 백제가 살고 후백제가 살고
녹두꽃이 피고 동학이 피고 사람으로 살며
이 땅에서 내 땅에서 조선 땅에서 살던 소리
이제 오늘
그날들의 만경의 뜰에서 김제의 너른 뜰에서
퍼지고 울려 가던 맑고 힘찬 신명 소리가
꽹과리를 울리며 북장구 소리 드높이며
전라도 천지간에 다시 돌아오는구나

모여라 이 산천 이 땅 위에 살며
아무려면 우리의 이렇게 든든한 힘과 힘 모으면
그날들 신명 소리 돌아오지 못하게 하겠느냐
모여라, 대대로 물려받은 전라도 땅 살찌우며
짓밟힌 가슴 잘리운 가슴들 모여
똑바른 흙가슴으로 채워서
살고 죽어서 피 흘린 땅
죽고 살아서
이 땅에 가득 살아서
힘차게 사랑해야 할 것
높은 하늘이 아니다
피 흘리던 황토 땅이다
개땅쇠 땅이다
전라도 땅이다

4부

물이 되어 물굽이 틀며

달려오는구나
하얀 옷깃 날리며
든든한 웃음 지으며
흐르다 흐를 길 이뤄 흐르다
때로 그 길 막히어
부서져 울고
노여움으로 넘치며 새 떼처럼 쏟아져
달려오는구나
가슴 막히어 피 토하는 육자배기 가락으로
설렘으로 그 뜨거운 사랑으로
잦은몰이 몰아 휘몰이 죄어 가며
달려와 굽이치는 강물로 흐르는구나
풀잎 같은 목숨들 풀잎으로 일어나고
꽃잎 같은 목숨들 참꽃으로 피어나
불 밝히어 살불 지르며
산과 들 강
이 땅의 목마른 역사에 붉은 피 내놓으며
훤한 세상

훤한 세상 쏟아내는구나

막을 수 없네

꺾을 수 없네

죽어, 우리들 죽어

흙먼지 붉은 땅으로 머리 풀고 뒹굴어도

붉은 강으로 눈 감지 못하고 흐를 길 막히어도

살아, 되살아나

물이 되어 물굽이 틀며

일어서는 달려오는 사람들의 사랑

돌아오는구나

해방의 노래 부르며

못다 한 못다 한 사랑 노래 부르며

풀꽃 꺾어 머리에 꽂고 가슴에 사랑 담아

풋보리가 패어서는 누렇게 익어 가고

벼포기 한 폭 두 폭 뿌리를 깊이 내리는 곳,

흙향기 들판을 걸어 보릿대춤 추며 오는구나

사랑이여 너, 오월이여

저렇게 큰 손짓하며 춤추며 오는구나

우리들의 분노, 그 꽃들의 넋이 되어

눈을 감고도
알 수 있는 이 땅의 목숨 질긴 풀꽃들
그들마다 흐르는 속살 뜨거운 가슴은
잘리고 짓밟히고
쑥대밭으로 눈감지 못하는
지금, 무엇으로 떠도는가
이름없이 태어난 척박의 땅에서
잃고 사느냐 여위어만 가느냐고
아픈 것들 스스로의 살불을 지피던
지핀 자국마다 뜨겁게 타오르며
불이여 불이여 불이여
사랑이었다
노한 사랑이었다
피어나던 꽃들이 꺾여 뒹굴고
발목을 조르는 쇠사슬은 더욱 단단하였지만
이 땅 어디에고 풀꽃 안 피겠느냐
목마른 이 땅 흙바닥 곳곳마다
풀꽃은 피고 꽃씨는 또 퍼지지 않겠느냐

이 땅 가득 퍼져서

이 땅 가득 꽃 피어서

봇물 터지듯이 꽃떼로 어우러져

묻혔던 이름들도 꺼내어 불러 보고

닫혔던 마음들도 활짝들 열어 놓아

이 땅 사랑하며 살자

온몸, 온 가슴으로 사랑하며 살자

생이별로 떠나가던 우리들의 분노, 그 꽃들의 넋이 되어

거세
— 그놈들, 그놈들도 틀림없이 부랄을 까 버렸을 껴

목이 찢어지도록 비명을 지르던 그놈이 눈이 확 뒤집히며 축 늘어졌다 아부지 돼야지가 어디 아프다요, 아녀, 잘 크라고 부랄을 까 버린 겨, (부랄을 까 버리면 어째서 잘 클까?) 쓰억 쓰억 썩썩, 놈은 놈의 부랄을 까발리던 칼 소리가 채 사라지기도 전에 벌써 밥통에 코를 처박고 벌름벌름, 꿀쩍꿀쩍 먹이를 찾고 있었다 (부랄을 까 버리면 정말 살이 잘 찐다) 그놈은 피둥피둥 살이 올랐다, 살만 찌고 있었다

꽃과 아침

아침마다 꽃이 피었다
밤으론 보이지 않고
대낮에도 꽃들 꺾여 갔다
다시 아침이 오고
꽃은 또 피는데
꽃들 보이지 않고
꽃들 어디 갔을까
그렇다면 아예
꽃 피우는 이 아침이 오지 말아야 할 것인지

사람 살려!

둔갑을 익힌 짐승들이 사람이 되어
미처 겨를도 없이 살을 찢고
젊고 잘난 것으로 추려 먹더니
사방 팔방을 날고 뛰어 닥치는 대로 쓸어 먹네
사람으로 태어나
둔갑을 모르는 나로서는
어허이 짐승도 못 되고
어쩔거나 사람으로 살고 싶은데
어쩔거나 시퍼렇게 두 눈 떴는데

으—악 사람 살려!

무등산

산 하나 외롭게 매장당한 저
먼 일처럼 보이는 불 밝혀 있는 산
연분홍의
사랑을 앓는 진달래로 타오르는 저 산

밤에도 보이던 산은
누이의 가슴께에 다홍으로 감겨
소쩍새 소쩍
팔딱이고 있었는데
처녀의 상기된 젖무덤이 되어
님 마중 기다림이 되어
수줍은 꽃등을 들고 서 있었는데

이럴 수 없네
이럴 수가 없어
왜
산은 슬픔이 되어
산은 분노가 되어 타고

타고 또 타서 솟아 올랐을까
표적마다
총알도 칼날도 슬픈 춤을 추었구나
머리에 흰 띠 질끈 두르고
슬픔의 산에 눈물의 강이 흘렀다
분노의 산에 붉은 강이 흐른다
그 산의 강에 달려와 흐르던 꽃 같은 넋들
멈추지 않고 흐르고 흘러
메마른 땅 스미고 스며
꽃씨를 낳고 불씨를 낳고 낳은 산
죽지 않고 살아 있을까

그렇다네
이 나라 어느 산인들 무등 못지 않겠느냐만
꿈마다 신음으로 불 지펴 있기에
그 봄날의 핏물보다 더욱 진한
아픔을 토하는 진달래로 불이 붙어 있기에
소쩍새 소쩍 슬쩍

소적 슬적
정말이지 이렇게는 절대로 잊을 수 없다고
불타오르는 무등
무등 좀 보아

시인의 잠

— 빗줄기 한 방울 모여 큰 내를 이루고 모여 흘러 이루는 바다의 힘 바위 구멍 뚫는 힘 그 힘을 너는 안다지만

달걀이 바위를 치려다 달걀로도 살아남지 못한 채 달걀의 안타까운 날개의 꿈 찢겨 가는데 부서져 가는데 그 바위 아래 꺾인 날개 도대체 우리는 어떻게 변해 가고 있는가 가고만 있는가 서정시 몇 줄 써서 옆구리에 잔뜩 끼고 술 취하느냐 대낮에도 넙죽넙죽 쓸개를 빼며, 오장을 다 빼 주며 부끄럽단 말, 부끄럽단 말, 되뇌일 거냐 넙죽넙죽 쓸개를 빼며 붙어 있구나 너 알량한 시인의 모가지의 꿈, 꿈 깨기 두려워 잠 청하는 잠, 참 깊고 어리석은 잠, 너의

산불

산불이 일고 있었다
아이들이 자라서 산이 되어 돌아온 후
산불은 남쪽에서부터 시작되었다
봄소식처럼 산불은 번져 가고 있었고
북상, 북상하고 있었다
산불은 남기지 않고 태워 갔다
모오든 것을
태우고 싶었다 그 산불 속에
모든 이의 절망을 태워야 했다
겨울이 가진 그 모든 상징성들을

가고 싶었다
막힌 강과 산을 넘어
무장지대와 민통선, 비무장지대 넘어
태우고 싶었다 절름발이의 이 땅을
절름발이의 해방을, 삼팔선을
태우고 싶었다 절름발이의 자유를 민주주의를
절름발이의

만세 소리, 신명 소리,
맑고 힘찬 산불들의 함성은 또다시 매장당하고
남아 있는 것, 아우성 소리였다
비명 소리였다, 가슴 잘린 외마디 소리였다
피 흘리며 붉은 피 흘리며
산불로 타오르던 눈 부릅뜬 무등산들의 죽은 재가
비를 맞고 있었다 붉은 비였다
비를 맞고 태어난 아이들이 자라서 산이 되어 퍼져 가고
산맥이 되어 또다시 산불을 준비하기 시작했다
압제의 산에, 신식민의 산에
산불이
산불이 일고 있다

다시 무등산

너 굳게 서 있구나 반란의 푸른 옷 입고 낙인찍힌 그리움, 뜨거운 사랑에 몸 떨며 얼어붙은 이 땅, 하늘, 다리 한 개 잘라 봄불 지르고 팔 한 개 잘라 봄꽃 피우며 얼마나 더 많고 많은 젊은 목숨들 원하느냐, 내 산허리마다 무수히 잘려 뚫려 흐르는 피의 강 아직도 부족하더냐, 구걸하지 않겠다 구걸하지 않겠다 조국의 민주주의, 우리가 싸워서, 싸워서 끝내 이뤄야 할 저 해방, 통일조국의 푸른 하늘을 구걸하지 않겠다 죽어서도

진달래 너, 조선 여자야

진달래야 진달래야
조선 천지 진달래야
연지 곤지 단장하고
고운 님 그리더니
난리통에 님을 잃고
북새통에 몸을 잃고

진달래야 진달래야
배고파서 진달래야
보릿고개 숭년 때는
송기껍질 벗겨 먹고
찔룩이대 꺾어 들면
찔룩찔룩 목메었네

진달래야 진달래야
전라도 땅 진달래야
황톳길을 절며 걸어
고운 님 부르다가

몽둥이에 맞어 죽고
총칼에 으깨 죽고
피 뿌리며 가슴 잘려
한이 맺힌 진달래야

진달래야 진달래야
조선 땅의 진달래야
흰 저고리 치마폭에
가슴에 피 토하며
붉게붉게 물들여서
언 땅 녹고 봄이 오면
다홍치마 차려입고
곱게곱게 머리 빗고
고운 님을 찾아 불러
소쩍새로 목이 메어
조선 천지 울고 피어
끝끝내 살아 피어

적

우리는 살아난다 죽여도 죽여도 되살아나 점점 커져 너는 두려움으로 꿈마다 목 졸리고 불을 보듯 훤하다 너의 종말 너의 비참한 최후, 자, 때가 왔으니 어디, 그 두려움으로 마지막 발악으로 또다시 나를 죽여라, 죽여 보아라 네가 나를, 나를 모두 죽이지 못한다면 이제 나는 죽이겠다 뒷걸음 치지 마 소용없어 한 치의 오차도 없이 네 목구멍 깊이 푹— 박힐 이 분노의 시퍼런 비수, 너를 죽이겠다

투병기

그랬다 암세포는 언제나 내 곁에 있었다 너는 교묘히 도 잠복기를 거친 너는, 네가 일과로써 파괴한 나의 세포에 대한 은폐의 흔적이 다른 모든 세포에 의해 발각당했을 때, 조작과 거짓 투항과 보통의 감기 쯤으로 위장한 채 나의 경계심을 안일에 빠뜨리고 나의 몸 전체를 잠식했다 쓰러뜨렸다 뒤늦게 나는 후회한다 이제 너는 내가 일어나 달려들수록 옥죄어 와서 당당히 난도질을 일삼겠지

하늘은 어째 푸르기만 하냐 날마다 그 하늘에 백혈병의 슬픈 낮달은 떠 걸리고 틀렸다

꿈꾸지 않겠다 아니다, 아니다, 보아라 저 꺾여져 뒹구는 꽃들, 꽃봉오리들, 그러나 새싹들 무섭게 쑥쑥 자라 꽃꿈 꾸는 땅, 어서 일어나 뛰어가라

해는 또 떠오르겠지, 남쪽 내 고향 저 굳게 닫힌 문, 창살, 벽 너머 훨훨 나는 새, 바다, 어린 날 숨차게 달려가 껴

안던 수평선 그 끝까지 검은 바다 피 토하며 수장되던 붉은 해 보며 소리소리 지르고 속살 드러나도록 막힌 바위 몸 던져, 부딪쳐 부서지던, 살아나는 파도, 소리들, 출어를 알리는 바다 뱃고동 소리 땡볕 콩밭 불같은 숨 토하며 지심매는 울 엄니 호령, 호통 소리 떠돌다 때린다 박혀 온다

이놈아, 백제 장수 계백은 제 처자식을 목 베었어야 이놈아!

들리지 않는 소리

곡괭이 하나의 내침을 삼아
사랑해야 할 것이라고
사랑해야 될 것이라고
잡초도 숨이 막힐 가시덩굴 돌밭 가득 꽃 피우겠다며
큰 숨을 몰아대던 사람
쓰러지면 또 일어나고
또 쓰러지면
다시는 쓰러지지 않을 눈길 들어 올려 본 하늘
하늘엔 오오 슬픈 하늘의 눈물들
이들의 나열
이들의 병렬식뿐
무성한 가시덩굴은
땅으로 사방으로 감아 오르고 가시덩굴에 갇혀서
다시는 그림자를 일으킬 수 없었고
가시나무는 그의 피로 계절을 만들고
다만 시퍼런 울음만이 하늘로 솟아났었지

이제 밤으로 들판에 나가

날로 새로워지는 생명력을 확인해야겠다
관념과 그렇지 못한 상황 간에서
밤 새워 영혼과 혼이 만나는 소리
숱한 기억들은 되살아 오지만
날선 자국들은
그러한 벌건 녹이 슬고
그들의 만남도 이단으로 몰리어
날마다
첫닭 우는 소리에 아우성이다

아아!
들리지 않는가
메아리 된 이름만을 우리가 부르며 살 뿐
눈뜨면 버려지는 새벽을 여는
저 곡괭이 소리
매장당한 소리들

유형의 땅

땅의 힘 믿으며 땅을 파던
수많은 사람들이 길을 떠나갔다
목마른 가슴으로 붉디붉은 물 들이며
나라를 세우기 위해서가 아니라
혁명을 위해서가 아니라
누구를 위해서가 아니라
사람으로 살기 위하여
돌아와 땀 흘리며
이 땅에 살기 위하여
조선 천지간에 큰불을 놓으며
길을 떠난 사람들 돌아오지 않았고
더러는 병신이 되어
잘린 가슴 안고
무릎 꿇고 돌아오던
지금, 큰 길 뚫리고
외진 길은 이미 아니지만
예나 지금이나
그 길 오가기는 마찬가지여서

친구가 가고 형님이 가고
젊은 애비가 가고
꽃다운 몸들 큰칼 쓰고 가네
가서는 생두부 밟으며 나설 새벽길 아니지만
분단조국이여
간다, 가고 또 간들 어디 잊힐 일이냐
어디든 살아 있으니 살러 간다
살고 죽어 가던 길
죽고 살아서 함께 간다
간다
아무도 막을 수 없다 뜨겁게 달아오르는
힘찬 우리의 사랑, 민주여, 통일이여 꽃피는 길이여

할메는 꽃신 신고 사랑 노래 부르다가

꿈이 꼭 맞는구만

작아서 신기조차 힘든 꽃신

그 꽃신을 신고 넘어질 듯 서 있었제

그 꿈을 꾸고 늬 어멈을 낳았구나

어디 생각이나 해 봤것냐

말이 씨 된다고 늬 할애비

이 논밭을 어쩔까이

뉘 있어서 물려줄까이

아니 아들 딸 버젓이 두고

할애빈 입버릇이었어야

말을 허먼 뭣하겄냐만

지금도 떵떵거리고 사는 놈 중에

친일헌 놈이 한둘이었냐

비록 늬 할애비 독립군은 안 했어도

군청 말직에 몸담고 있어서

우리 동네 장정들 징용을 덜 간 것도

큰애기들 정신대로 팔려 가지 않은 것도

다 늬 할애비 덕이었다며 말은 안 해도 알고 있었느니

그렇더라도 그것이 사람 사는 것이냐
아 넘의 나라 들어와서 큰소리 꽝꽝 쳐대는 꼴
목숨이 붙어 있으니 사는 것이라 생각했다

세월이 약인가 보더라
열흘 붉은 꽃 없고 천년 권세 없으며
칼 가진 놈 칼로 망헌다더니
하늘 높은 줄 모르고 길길이 날뛰던
왜놈들도 망하여 제 땅으로 쫓겨 가고
사람 사는 듯이 살아 보는가 생각했다만
추운 놈은 항상 춥고
배부른 놈 또 배부르다는
우리네 살기는 매일반이었으니
달라질 것이야 있었겄느냐

몇 년 후였다
쿵쿵 천둥소리 같은 것이 나는가 싶더니
하루에도 몇 번씩 비양기가 날고

이곳 저곳 사람들이 죽어 뒹굴어
흉악한 난리가 났다는 소문
한 집 두 집 고향을 바삐 떠나가더구만
서울로 일 보러 간 늬 할애빈 돌아오지 않고
너는 외삼촌을 꼭 빼다 박었다이
용운이는 그때 춘천농업학교 청년회장이었제
소식이나 속 시원히 알았으면
용운인 학도병인가를 하려고 떠났었구만
용운아, 용운 아버지이
전쟁인가 육이온가가 끝났다고 허지만서도
할민 이날 이때까지 끝났다고 생각해 본 적이 없었다
돌아와야 헐 사람이 안 돌아왔는디
같이 살아야 헐 사람들 헤어져 사는디
뭣이 끝났고
어째서 끝내 버린 것인지
이렇게 끝내 버릴 바에야 시작도 허질 말았어야제
안 그러냐 너는
아무리 생각해 봐도 나는 알 수가 없구나

살며 마음 붙일 데 어디 있었것냐
터 잡고 살던 고향 아는 이 하나 없고
집이며 할 것 없이 쑥대밭이 되었는디
산 설고 물 설은
먼 먼 남쪽 땅
늬 에미한테서 기별이 왔더구나
어떻게 갈 수가 있었것느냐
사위 보기가 어디 대수로웠것느냐
얼마 뒤 늬 에미 애비가 왔구나

설운 일이야
눈물 나는 일이야
어린 사위 앞에서 나는 막 울었구나
에미를 붙잡고 참말로 서러웠구나
그 길로 따라나섰다
몇 번이나 칵 죽어 버리고 싶었다
용운아이— 용운 아버지이—
밉고 미운 이름이었제

그립고 그리운 이름이었제
살았는지 죽었는지
아니여 아니구만 꼭 살아 있을 거구만
이 길 떠나 버리면 용운 아버지 어찌 알고 찾아올까
용운이 자석 지 누님 집으로 간 줄
어디 알기나 할꺼나
못 가겠구만
이대로는 못 떠나겠구만
그때 기차에서 뛰어내려야 했었제
엄니이—
용운이 자석 금방이라도 들이닥칠 것 같았제

그렇게 세월이 갔다
사 년, 사 년째 되던 해였던가
점도록 때까치가 울었다
뭔 반가운 손이 있다고
꿈자리도 뒤숭숭하고
무슨 난리가 또 터질 것 같았다

갑경아 허고 늬 에미 부르는 소리
숨이 칵 막히고
눈앞이 어질어질
가슴은 방망이질이었어야
꿈이 아니었어야
늬 외할애비, 할애빈 북에서 내려왔다
나는 방문을 걸어 잠갔어야
용운이는 어쩌고 혼자만 돌아왔디야
미운 사람, 밉고 미운 양반
내가 해도 너무했제, 얼마나 맘이 아펐것냐
할애빈 늬 에미 방에서
그 밤을 묵고 떠났어야
그 길이 마지막이던 것을
밥이나 한 끼라도 지어 드렸던들
이처럼 가슴에 남는 한이 되지는 않았을 것을
누가 알었것느냐
늬 에미 애비가 말려도 보았지만
북쪽에 딸린 처자식을 생각해 보면

혼자만 살것다고 남아 있을 사람도 아니었다
말도 말아라 살아도 사는 것 같지 않았다

이제일까 저제일까
가슴 죄며 사는 숨 막히던 세월
한 십 년이 되던가
그렇게 독한 양반이었다
어디 있다는 소식 한 장 없었는디
(나중에 알고 보니 우리들 생각해서 일부러 참고 찾지 않은 것이었지만)
모두가 잡혀 가고
늬 에미하고 나는 얼마 후에 풀려나고
죄 없는 아범이 장인 잘못 둔 죄로
한 일 년 옥살이했다
할애빈 얼마 못 가 세상 사람이 아니었어야

그랬구만요 그때였구만요
생각이 나요 대여섯 살 때

엄니가 날 데리고 서울에 갔지요
왕십리 이모 집에서 하루 종일
껌을 쌌지요
서대문형무소
창살 너머로 아버지가 보였어요
엄니는 자꾸만 눈물 훌쩍거리는데
아버지는 창살 저쪽
건너오지 않았어요
이모네 집 앞에선 풀빵을 팔고 있었지요
10환에 열 개
풀빵이 먹고 싶었어요
그 밖에는 기억이 없어요
어렸을 때니까요

그랬단다
껌 종이를 싸며
그만큼이나 아픔을 싸며
니 에민 서울서 옥바라지를 일 년 했다

아범이 집에 오던 날
사람이라면 나는 늬 집을 떠나야 한다고 생각했지만
아범 얼굴 대하며 어떻게 지낼 수 있것냐고 생각했지
만
더러운 것이 정이라고
늬들 칠 남매 큰놈만 빼고 내 손으로 받어서
안고 업고 어떻게 키운 것들인디
무엇보다도
늬 애비한테 지은 죄를 갚는 길이라고
손발이 편한 날까지
머슴처럼 사는 것이라 생각하고 생각했다

'사랑 사랑 내 사랑이야
어허 둥둥 내 사랑이야
너는 죽어 버들 유자 되고
나는 죽어 꾀꼬리 앵자 되어
유상앵비 편편금으로
가지마다 앉아 놀거들랑은

나인 줄로만 알려무나'

설운 일이야
눈물 나는 일이야
많았겠지라 가슴 막혔겠지라
할메는 저승길 밝혀 가려
봉숭아 꽃물 들였구나
나 장가드는 것 보고 죽겠다더니
글렀네 이제는 영영 글렀구마
할메는 칠성판에 누웠구나
할메 때문에 되는 일 없다고 했지라우
연좌제 그놈의 연좌제
시험마다 떨어지는 것이 할아버지 탓이라고 대들었지라우
피눈물 났것지라 참말로 기막혔것지라
한도야 많은 세상 두 눈 감지 못하고

어나— 어—나

어나— 어허나—

만장도 없는 상여를 따르던 어머니

관을 멘 사람들 갈 길이 멀다는데

할메는 차건 흙 덮고 얼마나 외로울까

용운이 외삼촌 알기는 할꺼나

그립고 그립던 사람 만나 보실랑가

저승에는요

같이 살아야 할 사람 따로 살라구요

어쩔까이 아이고 어쩔까이

따뜻한 젯밥 한 그릇 누가 있어 차려 줄까

어쩔까이 불쌍한 우리 할메

아이고, 아이고 어쩔까이

분단조국이여, 사천만 민족혼이여
반역을 불사르는 자주 민주 통일의 함성이여!

우리들 살아온 길이 물이라면 물이구나
그 물 흘러 흘러 강물길 이뤄 흘러
그 강에 흐르던 많은 날들의 일들
수많은 왕들과 백성이 살며
수많은 침략과 반란이 일어나며
강물의 역사가 흘러 이른 오늘
너
보았느냐
우리들의 식민조국
뙈놈의 발 아래 무릎 꿇고
왜놈의 총칼에 빼앗기고
양놈의 흉계에 찢어지던
우리들의 분단조국
너
아느냐
그 강물의 흐름 속에 이름 없이 묻혀 가던
애비의 할애비의 증조고조 할애비의
핏줄로 이어 온 땅, 바로 이 땅의 주인들을,

누구더냐, 누구였더냐
나라에 큰 환란 있을 때, 살아 소리치는 사람
죽음으로 맞서던 사람
높은 제왕들이 아니다 고관대작들이 아니다
사람답게 사는 일이라면
사람이 사람으로 사는 일이라면
제폭구민 척양척왜
보국안민 척양척왜
조선 천지간에 훤한 세상 쏟아내고
고부에서 황토재에서 산불처럼 타오르며
갑오년 농민군으로 일어서던 우리 아니더냐
쪽발이 똥쓰레기 우리 피로 씻으며
우리 땅 찾는 일이라면
빼앗긴 내 나라의 해방을 위한 일이라면
삼월 이 땅 위에 독립만세 부르던
바로 우리 아니더냐

독재와 압제의 사슬 끊고

식민과 매판의 무리 불태우며
조국의 자주, 조국의 민주주의를 찾는 일이라면
이 땅, 우리 땅, 살 길 찾는 일이라면
그 모든 사월들이
그 모든 오월들이
산과 강을 넘고 벌판을 내달리며
거리 거리에
마을 마을에
햇살 눈부시도록 붉은 피 뿌리며
살아, 되살아오던 6월, 6월의 투혼들
힘찬 투쟁의 함성들을
너, 들었느냐
독재타도 민주쟁취 독재타도 민주쟁취
독재와 압제의 쇠창살을 뚫고
붉은 피 흘리며
가슴 벅차게 달려오던 조국의 푸른 하늘을 보았느냐

참으로 빛났네 이 땅에 비친 햇살

우리들의 신음은 함성으로 변하여
달려가고 싶었네, 이대로 우리들 달려
무장지대와 민통선
비무장지대 넘고 넘어
백두에서 한라로
섬진에서 압록으로 달려가고 싶었네
그대로 가면 새 세상이 올 것 같았네
민주여 사랑하며 살
통일이여 사랑으로 살
그날이 올 것 같았네
꽃들은 피어서 벌나비 부르고
새들은 창살을 뚫고 푸른 하늘을 날았었네
그날들의 거리에는 무수한 깃발 날리고
깃발을 들고 깃발이 되어 일어서던 달려가던
아이들, 젊은이들, 나이 많은 사람들
보라, 먼저 간 열사들이여
동지여 꽃다운 죽음들이여
죽음이 죽음으로만 끝나서 헛되지 않고

오늘, 살아 있는 우리들 가슴에서 가슴으로
부활이 되어 빛나는 것을, 피 끓게 하는 것을

아 아 독재조국의 민주는 오는가
식민조국의 자주는 오는가
분단조국의 통일은 오는가

전쟁처럼 쏟아지는 살인 독가스와 파편들
저지하려는 것이 아니라
아예 잡아 죽여 버리겠다고
미친개처럼 쫓아와 휘둘러대는
몽둥이, 주먹, 쇠파이프, 발길질
이것으로 막겠는가
그 무엇으로 가슴 떨리도록 벅차오는
조국의 민주주의를 막겠는가
조국의 통일을 막겠는가
십만, 천만, 아니 사천만이 하나가 되어 타오르는 함성
을

저 사랑의 분노들을

그 무엇으로 막겠는가

거짓 항복으로 막겠는가

거짓 총칼로 막겠는가

핵무기로 막겠는가

막을 수 없다 꺾을 수 없다

흩어지지 않고 흩어졌다 모이고 쏟아지며

저 솟아나는 힘,

눈부신 저 분노

분노가 이 시대의 눈물겨운

참사랑임을 가슴 가슴마다 전하며

손에 손 굳게 잡고 확인하고 맹세했다

그날, 그날을 오게 하리라

그날, 그날은 오리라

신음하던 모든 사람들이 함께 일어나

사람이 사람으로 사는

사람이 사람답게 사는 해방의 세상

민족통일의 세상 오게 하리라

그날이 오면
제국의 총칼과 이데올로기에 흩어진
우리들 남북이 우리들 힘으로 다시 모여 살
얼싸안고 사랑하며 끝도 없이 살
그날이 오면
남쪽에서 쌀을 내고
북쪽에서 나무 내어
해방의 밥을 지으리라
통일의 밥을 지어 나누리라
그리하여 그 기쁜 날엔
북장구 장단에 맞춰 보릿대춤을 추리라
해방의 춤, 통일의 춤을 추리라
그날은 살이 풀리는 날
제국의 살, 분단의 살, 쿠데타 압제 독재의 살
이 땅, 조선 땅에 끼인 모든 잡놈의 살이 풀리는 날
그 모든 남쪽과 그 모든 북쪽이
삼팔선에서 흥겹게 만나 통일의 줄을 당기리라
삼천리강산 조선 땅에 대동놀이 벌어지는

그날이 올때까지
우리의 식민조국, 우리의 독재조국
우리들의 분단조국
부끄러워할 수만 없다 기다릴 수만 없다
이 땅, 더럽히는 모든 적 그 모든 악의 무리
허위, 조작, 날조, 은폐, 눈만 뜨면 일을 삼아
입 닥쳐라, 귀 막아라, 눈 감아라
말하는 놈 입 찢어 놓고
귀 트인 놈 고막 뚫어 놓고
눈 뜬 놈 눈 빼 버린다
위협, 협박, 공갈쳐 놓고 한밤중에 쓱싹 잡아가고
폭도로 몰아 쳐 죽이고
용공이다, 좌경이다, 멀쩡한 사람 생매장하는
아직도 우리를 욕되게 하는 저 기만의 무리들
용서하지 않아야 한다 용서하지 말자
우리들 하나가 되어 맨주먹인들
붉은 피 흐르는 들
산맥처럼 솟아나는 타오르던 우리들의 힘찬 힘 불러

모아

일어서야 한다 사랑으로

내 땅에서 떳떳이 모여 우리 모두 싸워야 한다

민주의 세상 그날이 올 때까지

해방의 세상 그날이 올 때까지

통일의 세상 그날이 올 때까지

사천만이여! 민족혼들이여!

함께 살러 길 떠나세

이 땅에 사는 사람

늘 푸른 소나무의 산과
넘실 맑은 강이 좋은
우리 하늘님 점지한 곳 해 뜨는 동쪽 땅
위로는 백두가 솟아 너른 만주 굽어보고
아래로 한라의 자락 만경창파를 헤치는
이 땅 위 굳은 터 잡아 오손도손 살았었네
비록 넓은 들 아니어도 논밭 있어 부치고 살며
대대손손 이어오며 어우러져 살았었네
기쁜일도 많았구만 기쁜일은 나눠갖고
슬픈일은 없었을까 슬픈일은 함께울고
가난해도 든든한땅 땅을믿고 살았었지
그러나 그런맘들 언제부터 생겼을까
물어뜯고 쌈질하고 모략중상 일을삼아
충신들은 싸잡아서 역적으로 쳐죽이고
딸팔아서 세도얻어 나랏일을 휘두르며
사또라지 돈삼만냥 돈있는놈 사가거라

돈바쳐서 벼슬산놈 약한백성 달달볶아
벼라별별 이름붙여 세금뜯어 가는구나
죽은사람 백골징포 어린아이 황구첨정
공금보충 도결이요 고리대놀이 환곡이니
삼정조세 문란하고 백성들은 죽어나고
나라살림 무너지고 나라기강 흔들리니
호시탐탐 기회보던 열강제국 들어와서
너만먹냐 나도먹자 이권쟁탈 앞다투고
총칼들고 뙈놈왜놈 내땅에서 난리치니
뙈놈편이 힘이세면 무릎꿇고 알랑방귀
왜놈편이 힘이세면 쓸개빼고 꼬리쳐서
말잘할놈 혀자르고 힘쓸놈은 불알싹둑
귀트인놈 고막찢고 눈뜬놈은 눈알빼니
모질게도 서럽게도 이어오고 이어온땅
나라꼴이 우습구나 나라잃고 말았구나
무릎꿇고 쓸개뺀놈 신사참배 앞장서고
문자깨나 쓰던놈들 창씨개명 앞다투니
오랑캐들 막아내다 목숨바친 조상귀신

임진란때 죽창들고 나라지킨 의병귀신
원통해서 어쩔거나 눈물나서 어쩔거나
분한것은 약한백성 서러운건 힘없는땅
힘기르세 힘기르세 내나라땅 찾고살세
꿈에서도 목이메인 태극기를 앞세우고
이강산의 남녀노소 대한독립 외쳐보세
화려강산 내땅에서 일본놈들 몰아내고
당당하게 자주독립 온세상에 소리치세
무심치는 않았구나 하늘님이 보살폈나
우리도야 우리손에 양반상놈 구별않고
똑똑하고 잘난사람 나라일꾼 뽑아보고
빼앗긴땅 다시찾아 땀흘려서 일을하며
삼천리라 금수강산 웃음꽃들 필수있는
해방왔네 광복와서 빼앗긴땅 찾았는데
해방이다 해방통에 무장해제 핑계삼아
코큰놈들 들어와서 삼칠이니 삼팔이니
저희끼리 금을긋고 인심존척 하니까야
눈치보던 살사리들 이쪽저쪽 빌붙어서

얼씨구나 찬탁이다 지화자야 찬탁이다
선하나로 갈라섰네 이노릇을 어찌할까
동강난땅 착한백성 아픈마을 어쩔거나

어느 쪽을 잃고
무엇을 얻은 것일까
갈라선 우리가 서로 그리워했을까
아아 막힌 강 사이에서 그리워했을까
미워하고 미워했네
하나는 둘이 되고 둘은
둘은 말이네 누워서 침 뱉었지
그러고는 말이네 창피하고 창피한 일
터지고야 말았구나
전쟁통이 터졌구나
할애비와 그 핏줄이 이웃들과 그 친구가
서로서로 피흘리며
날벼락을 쳐댔구나
쳐부수고 쏴죽이고 애잔상처 남기고는

휴전선은 뭔선이가 선하나로 웬수됐네
철조망을 사이두고 날짐승은 오가는데
단군님네 한핏줄들 함께살날 다시올까
부모형제 그 이웃들 모여살날 언제올까

장한 내 아들들

굶주림, 굶주림, 아귀 같은 배고픔
옥수숫가루 밀가루 배급대열 속에서도
고무신짝 막걸리판 선거바람 불어와서
정신들을 못차리고 부정부패 일삼으니
이대로는 안되겠다 앞장서서 바로잡자
수학공식 사사오입 있을법한 일이더냐
공부해서 무엇하냐 책에무엇 쓰였더냐
바로듣고 바로보며 바른일로 살아가자

두런두런 조리있게 입있어도 못하는말
요목조목 꼭맞는말 들을수록 속상한말

—그런다고 너낫달놈 시상천지 있다더냐
도는소문 못들었냐 니신세만 조진당게,
—이왕지사 내친걸음 되돌릴순 없어라우
갖은고초 굳은마음 두번다시 변치않소,
—애고애고 잘났다이 느그압씨 쏙빼구나
오장육부 뒤집힌다 지지리도 못난놈아,
—바른일만 하라시며 마냥하신 엄니말씀
새기라고 하셔놓고 이제와서 웬말이오,
—너를의지 살을라고 동네방네 품팔아서
공부갈쳐 키워놓게 시방워쩐 시상인디
—못났응게 글지라우 보아놓고 눈못감소
배웠응게 그래라우 다신외면 안할거요,
대목대목 들어보게 죄들어라 하는소리
구구절절 옳은소리 귀있어서 슬픈소리
—흉년기근 양식없어 한분어미 살릴라고
자식죽일 맘을먹은 어느에미 맘일랑가
—엄니속서 나온놈이 어찌그맘 모르겠소
눈물걷고 웃어보소 차마발이 안떼지요

—널보내고 맘편안히 밥술인들 뜨겠냐만
바른귀신 씌었는데 에미라서 붙잡을까

우리네 어미 마음

돌아오지 않네
머리풀고 땅을 치네
우리 아들 끝내도 돌아오지 않네
앞산뒷산 지고피던 분홍치마 진달래야
진달래필 봄이오면 우리아들 돌아올까
오지않는 우리아들 보고접어 못살겠네
귀있으면 들어보소 이내말을 들어보소
아들하나 바치고서 바른세상 되었다면
이땅에서 목숨나고 이땅있어 아들얻어
나라위해 바쳤으니 아까울것 없지만은
아들죽어 스물몇해 강산은또 변했어도
구천에서 우리아들 원통해서 어쩔거나
애고애고 우리아들 죽음헛되 어쩔거나

얼음깨고 시린물에 정갈하게 몸을씻고
정화수에 소원띄워 치성으로 비나이다
입동동지 탕탕겨울 언제되면 풀릴거나
소한대한 지나가면 물러서나 했었는디
성한입춘 들어오다 칼을맞고 죽었는가
산을넘고 물건너다 물귀신이 되었는가
일구월심 용왕님전 굿을하면 살어날까
애옥살림 칠성님전 공양허면 다시올까
애먼숨만 잡어가니 하늘님도 무심허제
피를빠는 흡혈겨울 언제되면 죽을랑가
단물내어 다펴먹고 없어지면 사러질까
억울하게 죽은귀신 머리풀면 도망칠까
해가지면 달이뜨고 달도차면 기우는디
사시때때 원수놈들 기울줄을 모르구나
정월보름 다가오면 모진놈들 떠날랑가
우수경칩 넘어가도 떠날생각 영영없네

사람들아 사람들아

어둡고 괴로워라 그믐겨울 깊디깊다
날샐라면 멀다고들 잠만자선 아니되네
겨울잠은 그만자고 깨어나고 일어나세
밤깊다고 말만말고 쌍심지를 치켜뜨세
감긴눈은 어서뜨고 막혔던귀 뚫어놓고
다문입은 열어놓아 봄을맞을 단장하세
더러운옷 빨아입고 해진신발 꿰매신고
굽은허리 바로펴서 길을떠날 차비하세
젖먹던힘 짜어내고 흩어진힘 한데모아
잃고살던 우리봄을 다시찾어 가져야제
구천구비 험난한길 북북기어 가더라도
고을마다 봄꽃필씨 우리함께 가져오세
가서돌아 못온대도 아직숨이 붙었거든
봄을찾아 돌아오려 함께살러 길떠나세
더덩덩실 덩실덩실 춤을추며 돌아올길
함께웃고 돌아오려 함께살러 길떠나세

우리들 남이 될 수 없어
—남남북녀

오메, 서럽고 힘 없는 그대와 나구나
깊은 정들면 못 떠난다고
어디 다 해진 옷고름이라서
싹둑 잘라 버릴 순 없지 않나베
끊을 수 없던 내 땅에서 끊을 수 없던 우리들
떠나고 떠났었지만
생이별로 동강 나 헤어졌지만

든 정 있지 말기요
떠나고 만날
다시는 만날
그 인연이야 어려웁다고
이대로야 영영 남이 되어 버리겠소

피눈물 말 못 하고 가슴 잘려 버린 땅
돌아서며 흘린 눈물 강을 메워 버린 땅
이 땅 정든 그대 남이 되어 버렸대도
잊을 수 있겠냐니

살 섞으며 우리 든 정 생생하다니
살아 있음사 만나겠지라 참말로
눈물 나는 그날 오겠지라

해설

순정의 시詩, 사랑의 시詩

강형철(시인·문학평론가)

1. 80년 5월에 어느덧 10년의 세월이 덧쌓였다. 불지짐을 당했던 것처럼 아픈 세월이었고 그 아픔을 옳게 견뎌 보려고 많은 사람이 애썼던 시절이 아니었던가 싶다. 자신의 몸에 불을 지르고 아스팔트 위를 달리거나 높은 건물에서 수직으로 떨어졌던 그 눈 아리던 시절이 어느덧 추억처럼 우리에게 간직되고 있는 것이다. 모든 것은 추억인가. 지나가면 그뿐인가. 어김없이 꽃이 피고 겨울보리가 들판 구석의 진흙을 밀치고 나오면 그만이었던가.

그리고 어떤 사람들은 됐지 않느냐고 이만하면 살 만하지 않느냐고 쏘삭거린다. 잊어버리라고. 대신 살아남아 있는 사람들을 위해 얼마의 돈을 쥐어 주겠다고. 하기사 물뱀도 혓바닥은 현란하다.

지상에 살면서 고맙다는 말을 하는 순간 진정한 고마움은 증발되고 말듯 광주 사람들을 위해 얼만큼 보상을 하고 나면 광주의 부채, 광주가 갖다준 빚도 어느 정도는 증발될 것이다. 그럼 세상 사람들은 또다시 무한경쟁의 사다다리를 타고 자본주의의 밤을 건너기 위해

다리에 힘을 집중할 것이다.

그러나 상투적으로 말해서 광주는 잊히는 것이 아니다. 광주는 처처에 살아 이른 봄날 가늘게 내리는 빗물에도 씻겨지면서 빛나는 사금파리 조각의 광택으로 우리의 눈을 찌르고 말 것이다. 조국통일은 언제 되느냐고, 노동자가 제값 받고 사는 민주주의 세상이 언제 되느냐고 간결하게 물으면서.

80년대를 훨씬 넘긴 지금 80년대의 복판에서 씌어진 박남준의 시집을 읽으면서 결단코 떠나지 않는 생각이 그것이다. 광주는 과연 모든 우리의 영혼을 담금질했던 그리고 앞으로도 계속될 숯불 뻘건 인두와 같은 것임을.

그렇다. 가슴 있는 사람들은, 아니 세계의 진정성에 대해 순결한 기다림을 지녔던 많은 사람들은, 80년 광주가 드리웠던 상처에 어질머리를 앓으면서 나름의 방식을 찾아 대응을 했으며 그것이 시인의 길이건 소설가의 길이건 혁명가의 길이건 아니면 사업가의 길이건 가슴 뜨겁게 걸어갔었다. 그리고 그것은 87년 시민들의 대항쟁으로 불꽃을 피웠다.

그럼에도 불구하고 변한 것은 무엇인가. 하루아침에 보수대야합의 맹랑한 개구리 합창 소리가 들리고 국민주권의 허망한 유린의 소리가 들리고 있지 않은가. 바람

찬 새벽 거리를 사람들은 헤매야 하고 최소한의 먹을 것을 요구하는 목소리는 진압경찰의 곤봉 소리로 대치되는 엄혹한 시절이지 않은가. 그래도 꽃이 피어 아름답다고 외쳐야 하는가. 이 비극의 연대에 우리는 어떤 하늘을 서성거려야 하는가. 그 점에서 오늘 우리가 읽는 박남준의 시집은 우리를 매우 아프게 뒤흔들어 놓으면서도 동시에 우리를 다시금 긴장하여 살아가도록 재촉하고 있다.

2. 주지하다시피 80년대에 많은 시인들이 나타났었다. 그들은 한결같이 가슴의 상처에 그들이 거느릴 수 있는 가장 절실한 언어를 얹어 이 땅의 진실을 밝혔다. 그리고 그 말들은 비수가 되어 많은 양심을 일깨우기도 했으며 때로 감추어진 역사적 진실을 밝혀내면서 언로言路의 몫을 감당하기도 했다. 그리고 그들은 그 말의 하중에 따라 민족·민주운동의 전선에 깊숙이 뛰어들기도 했고 그 전선을 굳이 밖에서 찾지 않고 자기의 자리에서, 일테면 학교에서 공장에서 혹은 사무실에서 찾아 전선의 형성에 기여하기도 하였으며 그렇지도 않은 경우 문학운동의 고유한 몫을 찾아 암중모색하면서 결국 운동으로서의 문학이라는 명제를 획득해냈다.

그리고 그 과정에서 자신의 삶의 몫만큼 시를 생산해 내고 이를 전체 민족·민주운동의 물리력으로 전화시키기 위해 많은 노력을 경주해냈다.

그러한 몇 가지 범주의 유형으로 본다면 박남준은 민족·민주운동의 장에 문인의 고유한 몫을 포기하지 않은 채 섞여 있던 유형에 속한다. 그러나 지금은 그러한 직접적인 운동의 장에서 한발 물러서 있다고 여겨진다.

이 경우 시적 행로는 어떠한 것인가. 앞에서 말한 바와 결부시켜 얘기하면 오늘의 시점에서 그에게 있어서 시에 있어서의 성과와 그 한계는 무엇이며 그것은 우리에게 무슨 의미를 지니는가. 우리가 그 의미를 온당하게 구축하게 된다면 적어도 80년대 시인군의 한 유형을 해명하게 되는 기쁨을 만날 수 있으리라. 이제 이를 살피자. 먼저 박남준의 시적 삶을 간단히 일별해 보자.

그는 84년에 《시인》지를 통해 글을 발표하기 시작하였고 85년 초에 결성된 '남민시' 동인에 참여, 활발한 작품 활동을 벌인다. 이후 86년에는 전라북도 민주화운동협의회(이하 민협) 총무로서 이른바 민·민운동에 합류하여 87년까지 활동한다. 그리고 88년 4월에 창립된 전북민족문학인협의회(이하 민문협) 초대 사무국장으로 관여하였다가 이후 전북 민문협의 활동이 두드러지지 않으면서(물론 그 이유는 사무국장으로서의 일정한 활약

유무와 관계되는 일일 터이다) 현재는 시작 활동에만 몰두하고 있다. 그 과정에서 특기할 일은 애초 민협에 발을 딛고 활동하게 된 계기로 문규현 신부(당시 전북 민협 의장)와의 만남이 놓여 있다는 사실이다. 그는 시인으로 데뷔한 후 문규현 신부를 만나면서 자신의 시세계와 정신세계의 일대 변화를 체감케 되고 그것이 일정한 모습으로 시세계에 반영되었던 것이다.

그런데 앞서 말한 바같이 그의 이러한 삶은 실제로 80년대에 등장한 시인군의 한 유형을 형성하고 있다. 요약하면 가장 젊은 시절에 광주를 목격하면서 세계관의 일대 충격을 겪고 급격하게 민족·민주운동의 대열에 휩싸여 일정한 활동을 벌이면서도 그렇다고 확실하게 민족·민주운동의 직접적인 장으로 철저하게 투신하지도 못한 일련의 시인군의 전형을 이루고 있다는 점이다. 이 경우 시적 행로는 세계와의 확연한 일치 속에서 자신의 삶이 구축되며 동시에 시의 진전이 이루어지는 것과는 반대로 자아와 객관세계가 끊임없이 상충되고 부닥치게 되면서 한없는 기다림과 원망의 세계에로 침잠해 가는 모습을 보인다. 다음의 시를 보자.

칠석이에요 언제부터 까막까치는 모두 다 날아서 당신의 하늘가로만 다리 놓아 가는지 당신에로의 그리움은 아예 쏟아지고 엎질러진 건잡을 수 없는 물길이 되어 밀물져 오는데 만날 길 없는 해후의 눈물구름만이 푸른 하늘 가득 번져서 가요

—「칠석 1」 전문

어디로 가는 걸까
흰 구름 하늘
빨래터엔 검붉은 물때들
아이들은 이제 강으로 오지 않았다
마을은 비어 있었다
강물은 그리움으로 저리 울며 눕는데

—「마을」 부분

앞의 시는 견우·직녀의 만남이라는 설화를 차용하여 세상의 어떤 것에 대한 한없는 그리움을 묘파하고 있고 뒤의 시는 죽음이 강물에 번져 가는 순간의 절망을 노래하고 있다. 그러나 이러한 기다림과 절망은 지극히 한 부분일 뿐이나 시집의 1부를 이루는 시편 아니 이 시집 전체를 관통하고 있다. 「날마다 강에 나가」, 「가을 편지」, 「당신」 등등의 시편이 그것이다.

물론 우리는 여기에서 한 시인의 그리움이 지닌 한없이 깊고 깊은 세계를 단순히 자아와 세계는 분열한다는 공식에 맞추어 재단해서는 안 된다. 오히려 이 시인의 그

리움의 세계에 끝까지 따라가서 같이 그리워하는 또한 절망하다가 시인이 뒤돌아서는 그 자리에 꺾여 있는 풀잎들을 우리는 보살펴 주지 않으면 안된다. 그 과정에서 우리는 시인의 영혼을 다치게 했던 진실을 만나게 되고 그럼으로써 우리는 우리의 세계를 진정성에의 회로에 진입시킬 수 있는 계기를 얻을 수 있을 것이다. 그러므로 우리는 시인의 기다림의 대상은 무엇이고 그리움의 새날은 무엇이며 절망하는 이유를 조심스럽게 캐물어야 한다. "얼마나 그리운 날의 낮밤이 흘러야 당신의 먼 발치가로나마 나는 다가설까요" 하고 물어야 한다.

혼은 어디에 있는가
빛은 어디서 오는가
남쪽은 슬픈 땅
노랫소리는 들려오지 않는가
내 태를 묻고 살아온
이 빈 벌판 끝에서 끝까지
피 토하는 육자배기
흰옷 입은 사내 하나 미쳐서 웃네
녹슨 조선낫 움켜쥐고 춤추며 우네

—「남쪽」 전문

저 산을 가두어 놓았는지
당신께로 오고 가던
산으로 오르는 모든 길은 철조망으로 막히고
그 앞에 서면
북망산이여
불망이여
거기 있는가요
저 철조망처럼 막히어
서로를 부르고 있는지
철조망 새로 보이는
검은 하늘가
당신인가요
울며 가는 새

—「가을 편지」 부분

앞의 시와 뒤의 시는 우리의 행로에 뚜렷한 빛을 던지고 있다. 80년대 등장한 여느 시인과 마찬가지로 광주의 비극에 눈멀고 또한 그 눈멂을 통하여 분단된 조국의 실상을 깨닫고 그리하여 통일의 새날로 그 그리움이 끝이 여린 버드나무 눈처럼 터지고 있는 것이다. 그럼에도 불구하고 시인 자신이 서 있는 자리는 어떠한가.

똑바로 걸으면 걸을수록 길은 어긋나고
못난 놈, 못난 놈, 부끄러움만 매질할 뿐
반길 이 없는 어둔 방, 그 앞에 서면
그립다, 불 밝혀 기다리는 이
눅눅한 습기들도 기다리다 지친 한 칸 사글셋방

—「중노송동 일기」 부분

그러한 비극과 전망을 갖고 살지만 자신의 삶은 그 전망을 향해 확연한 걸음을 걷지 못하고 늘상 뒤덜미가 채여 헛걸음질 치고 있는 것이다. 이 엄숙한 실존적 깨달음은 그를 여태 지탱해 온 가족사적 환경으로 이월되어 증폭된다. 「떡국 한 그릇」이란 시를 보자. 이 시는 80년대 씌어진 이야기 시의 한 전범이라고 부름직한 시인바 섣달그믐날 농촌의 풍경을 그리고 있다. 대개의 어머니가 그렇듯이 이 시에서도 어머니는 타관에 나간 큰아들이 돌아올 것에 대비하여 음식을 장만하는데 넉넉지 않은 살림살이라서 많은 것을 준비할 수 없다. 더구나 같이 장을 보러 간 작은아들에게 미안하여 오히려 표시를 내지 않으려고 애쓰기도 하면서 대신 지극히 간소하게 그러나 정성을 다하여 음식을 장만한다. 하지만 큰아들은 고향에 돌아오지 않고 큰아들을 위해 준비한 떡국은 싸늘하게 식어 간다.

늬 형은 떡국을 참 잘 먹었어야
지나는 바람 소리
개 짖는 소리에 가는귀 세우시며
게 누구여, 아범이냐
못난 것 같으니라고
에미가 언제 돈 보따리 싸 들고 오길 바랐었나
일 년에 몇 번 있는 것도 아니고
설날에 다들 모여
떡국이나 한 그릇 하자고 했더니
새끼들허고 떡국이나 해 먹고 있는지

—「떡국 한 그릇」 부분

하지만 이러한 어머니의 독백은 바람 소리일 뿐, 아니 농촌의 바람이며 풍경일 뿐 적막한 그리움으로만 남는다. 그러한 현실을 목도할 때 시인은 무엇을 할 수 있을까. 어머니에게 무슨 말로 위로의 얘기를 할 수 있을까. '절망은 끝끝내 자신을 반성하지 않는 것'이 아닌가.

아무튼 이러한 시인의 얘기를 듣고 있으면 이 시인이 어째서 이 시집의 2부를 이루고 있는 '법성포'라는 자신의 고향을 줄기차게 그리고 끈질기게 물고 늘어지는지, 그리고 그때의 시적 진정성은 어디에 연원을 두고 어디로 향한 것인지 우리는 잘 알 수 있을 듯하다.

종횡무진 시인을 난타하는 개인적 슬픔 그리고 눈앞에서 분명하고 확고하게 본 민족사적 비극, 그것은 그가 전민협의 구체적인 일감에 휩싸이면서 여느 시적 태도와는 다른 단호하고도 결연한 말로 표출되어 간다.

> 너 굳게 서 있구나 반란의 푸른 옷 입고 낙인찍힌 그리움, 뜨거운 사랑에 몸 떨며 얼어붙은 이 땅, 하늘, 다리 한 개 잘라 봄불 지르고 팔 한 개 잘라 봄꽃 피우며 얼마나 더 많고 많은 젊은 목숨들 원하느냐, 내 산허리마다 무수히 잘려 뚫려 흐르는 피의 강 아직도 부족하더냐, 구걸하지 않겠다 구걸하지 않겠다 조국의 민주주의, 우리가 싸워서, 싸워서 끝내 이뤄야 할 저 해방, 통일조국의 푸른 하늘을 구걸하지 않겠다 죽어서도
>
> —「다시 무등산」 전문

이 시에서 보듯 시의 화자는 결연한 자세로 그 그리움의 목표 혹은 실체를 전취해내고야 말겠다는 의지를 보인다. 그것은 구걸함으로써 단순한 이성적 호소에 의해서 이루어지는 것이 아님을 깨닫고 이에 따른 행동을 하게 되는 것이다.「물이 되어 물굽이 틀며」,「우리들의 분노, 그 꽃들의 넋이 되어」,「산불」 등등의 시편이 이러한 정조를 드러내고 있다. 이들 시편들은 박남준 시의 한없

이 여리고 부드러움의 대칭점에 서서 강하고 단호하게 그리고 확실한 어조로 진술되고 있다. 특히 「분단조국이여, 사천만 민족혼이여 반역을 불사르는 자주 민주 통일의 함성이여!」와 같은 시는 그것이 어떤 행사에 맞춰 씌어진 시라는 점이 분명하면서도 이 시집의 전체적 맥락과 잇닿아 오히려 힘이 되고 굳센 다짐이 되고 있다. 보라.

> 일어서야 한다 사랑으로
> 내 땅에서 떳떳이 모여 우리 모두 싸워야 한다
> 민주의 세상 그날이 올때까지
> 해방의 세상 그날이 올때까지
> 통일의 세상 그날이 올때까지
> 사천만이여! 민족혼들이여!
>
> —「분단조국이여, 사천만 민족혼이여
> 반역을 불사르는 자주 민주 통일의 함성이여!」 부분

이러한 시편들을 보면 그의 삶과 그의 시가 확연히 일치될 때 일으킬 수 있는 감동의 진폭을 독자들은 깨닫게 된다. 또한 시인 자신의 경우 자신감과 확실한 전망의 획득이라는 빛나는 시작 태도에 도달하게 된다. 바로 이 점에서 시가 구체적 실천의 산물임을 확인하는 것은

오히려 췌언이리라.

그렇다면 그러한 활동이 일정하게 중단되고 난 뒤의 시적 정도는 어떠한가는 능히 짐작할 수 있다. 그것은 대개 그가 시를 못 쓰게 되거나 그의 초기 시에서 보듯 자아와 세계와의 분열 상태에서의 한없는 그리움과 원망의 세계에로의 회귀일 터이다. 물론 이때의 회귀는 그 전의 그리움보다 훨씬 진정성을 더할 것이요, 절망 또한 더한 것이리라.

달걀이 바위를 치려다 달걀로도 살아남지 못한 채 (중략) 서정시 몇 줄 써서 옆구리에 잔뜩 끼고 술 취하느냐 대낮에도 넙죽넙죽 쓸개를 빼며, 오장을 다 빼 주며 부끄럽단 말, 부끄럽단 말, 되뇌일 거냐 넙죽넙죽 쓸개를 빼며 붙어 있구나 너 알량한 시인의 모가지의 꿈, 꿈 깨기 두려워 잠 청하는 잠, 참 깊고 어리석은 잠, 너의

—「시인의 잠」 부분

먼 길을 걸어서도 당신을 볼 수 없어요
새들은 돌아갈 집을 찾아 갈숲 새로 떠나는데
가고 오는 그 모두에 눈시울 붉혀 가며
어둔 밤까지 비어 가는 길이란 길을 서성거렸습니다
이 길도 아닙니까 당신께로 가는 걸음

차라리 세상의 길가에 나무가 되어 섰습니다

—「세상의 길가에 나무가 되어」 전문

앞의 시는 일정한 좌절을 겪고 난 뒤 시인의 자세를 언급한 시이고 뒤의 시는 그러한 좌절을 겪고 난 뒤의 체념을 말하고 있다. 그러나 이 경우 체념은 단순한 체념이라기보다는 달관에 가까운 혹은 깊은 깨달음에 가깝다. 그렇다면 그 깨달음의 끝은 어디인가. 그것은 아마 시인 자신이 훨씬 잘 알고 있을 듯하다. 모쪼록 그에게 좋은 성과가 있기를 빌어 보자.

3. 이상에서 우리는 간략한 방법으로 박남준 시의 역정을 그의 삶과 관련하여 살펴본 셈이다. 그러나 이것은 말 그대로 지극히 소략한 줄거리 요약에 불과하다. 실제 그의 시는 이러한 소박한 요약보다 깊고 따뜻하다. 또한 깊은 가락이 있다. 그 깊고 따뜻한 가락이 어디에서 연유하는지 그 가락이 어디에 닿아 있는지 살펴보는 것은 실제로 박남준 시를 해명하는 지름길일 터이다. 그러나 필자는 이를 밝힐 만한 준비가 되어 있지 못하다. 다만 필자의 느낌을 서둘러 표현하면 그 가락이 남도의 오래된 한에 이어지고 있으며 그 한은 차갑지 않고 한없이 푸근하면서도 절절하다는 점이다. 그렇다. 그의 시적 가

락은 푸근하면서도 절절하다. 아니 그의 시는 이러한 모순화법을 몽땅 싸안으면서도 이를 뛰어넘는 어느 먼 곳에 있다.

문득 박남준 시인이 불쑥 나의 방을 찾아온 날이 생각난다. 그때는 여름이었다. 사당동 산꼭대기 작은 방에 세를 들어 100원짜리 호빵이 호박만 하게 커 보였다고, 먹고 싶었다고, 얼굴 붉히던 가난한 아내를 거느리고(?) 살던 시절이었다. 마침 생활을 위해 아내를 친정집에 보낸 뒤, 돌아오면서 묻혀 올 콩고물을 기대하며 혼자 살던 시절이었는데 문득 그가 무명 시인인 나의 집을 찾아온 것이다. 하지만 나도 그날 집에 없었다. 지금도 그러하지만 무엇인지 확실히 알 수도 없으면서 미쳐 살기 때문에 그날도 어디선가 배회하고 있었을 것이다. 밤늦게 돌아와 문을 열고 들어오니 곱게 접힌 쪽지가 떨어져 있었다. 거기엔 나를 보고 싶어 왔었다고 쓰여 있었다. 사실 그때 나는 이 서울에서 누군가가 단순히 나를 만나고 싶어 했다는 말에도 길가 전봇대를 부여잡고 울고 싶었던 때였으므로 가슴이 두근거리고 참으로 환장하게 박남준 시인이 보고 싶어 울었다. 나는 밖으로 나왔다. 혹시 그가 왔다 간 지 얼마 되지 않아 어디쯤엔가 있는 것이 아닌가 하여 이곳저곳을 훑어보았다. 그러나 그는 없었다. 어두운 여름밤 서울이란 도시에 그토록 많은 십자

가가 불타고 있는 줄 처음 알았다. 문득 하늘에서 별들이 함부로 싸돌아다니고 있다는 생각이 들었다. 그렇다. 그는 별이었고 함부로 싸돌아다니는 아름다운 별빛이었다. 그날 그 별빛 그리고 이 시집의 시. 그것은 하나도 어긋나지 않고 어우러져 빛나고 있다.

그 광택이 박남준의 시를 내가 차분하게 읽는 것을 훼방하고 있다. 그 아름답고 따뜻한 사람, 도무지 사랑 이외엔 관심이 없는 사람, 그런 사람이 이 시집에서 쑥스럽게 이야기를 하고 있는 것이다. 어찌 두렵지 않으랴.

이러한 필자의 야릇한 감정은 이 시집을 직접 읽는 모든 독자들에 의해서 확인될 것이다. 그리고 독자들을 혼란에 빠뜨릴 것이다. 도대체 이렇게 순정적인, 이렇게 아름다운 시가 있었다니!

그 순간 독자들은 80년대 이 땅에서 고난을 거쳐 생산된 빛나는 시의 한 극점極點을 발견하는 기쁨을 만끽할 것이다. 그리고 90년대를 열어젖힐 아름다운 사람 순정의 사람 박남준의 새로운 시의 지평을 한껏 예감할 수 있으리라.

세상의 길가에 나무가 되어

2022년 10월 9일 1판 1쇄 펴냄

지은이 박남준
펴낸이 김성규
편집 김은경 김도현
디자인 김동선 신아영
펴낸곳 걷는사람
주소 서울 마포구 월드컵로16길 51 서교자이빌 304호
전화 02 323 2602
팩스 02 323 2603
등록 2016년 11월 18일 제25100-2016-000083호

ISBN 979-11-92333-27-4 04810
ISBN 979-11-89128-08-1 (세트) 04810